Chris Bradford

NINJA

© Danny Fitzpatrick

DER AUTOR

CHRIS BRADFORD recherchiert stets genau, bevor er mit dem Schreiben beginnt: Für seine Bestsellerserie »Bodyguard« belegte er einen Kurs als Personenschützer und ließ sich als Leibwächter ausbilden. Bevor er sich ganz dem Bücherschreiben widmete, war Chris Bradford professioneller Musiker und trat sogar vor der englischen Königin auf. Seine Bücher wurden in über zwanzig Sprachen übersetzt und vielfach ausgezeichnet.

Von Chris Bradford bereits erschienen:

Bodyguard – Die Geisel (Band 1; 40275)
Bodyguard – Das Lösegeld (Band 2; 40276)
Bodyguard – Der Hinterhalt (Band 3; 40315)
Bodyguard – Im Fadenkreuz (Band 4; 40316)
Bodyguard – Der Anschlag (Band 5; 40350)
Bodyguard – Die Entscheidung (Band 6; 31205)
Super Bodyguard (40365)

Mehr Informationen zur Bodyguard-Serie unter:
www.cbj-verlag.de/bodyguard

Mehr zu cbj und cbt auf
Instagram @hey_reader

CHRIS BRADFORD

NINJA

Aus dem Englischen
von Karlheinz Dürr

Mit Illustrationen
von David Wyatt

cbt

Dieses Buch ist auch als E-Book erhältlich.

MIX
Papier aus verantwortungsvollen Quellen
FSC® C014496

Verlagsgruppe Random House FSC® N001967

1. Auflage
cbt Taschenbuch April 2019
Drei der Geschichten erschienen bereits als E-Book-Ausgaben
unter den Titeln: »Ninja – Der erste Krieger«, »Ninja – Der Angriff
der Samurai«, »Ninja – Im Schatten des Schwertes«

Die Originalausgabe dieser Ninja-Abenteuer erschien 2016
unter dem Titel »Shadow Warriors«
bei Barrington Stoke Limited, London
Übersetzung: Karlheinz Dürr
Innenillustrationen: © David Wyatt
Umschlaggestaltung: Carolin Liepins, München
unter Verwendung der Abbildung von: © Shutterstock
(Ensuper, KPG_Payless, Emir Simsek)
MP · Herstellung: UK
Satz: KompetenzCenter, Mönchengladbach
Druck: GGP Media GmbH, Pößneck
ISBN 978-3-570-31256-8

www.cbj-verlag.de

Für Leo, meinen kleinen Ninja

1. Der erste Auftrag

Japan, im Jahr 1580

Ich lauere unter den Dielen.

Versteckt, seit über einer Stunde, unbeweglich wie ein Stein.

Mein Name ist Taka. Dies ist meine erste Mission als Ninja. Ich darf nicht versagen.

Die Schiebetür wird aufgeschoben. Ich spähe durch einen Spalt zwischen den Dielen. Sehe

einen Mann in den Raum kommen; seine Füße gehen dicht an meinem Gesicht vorbei. Er trägt eine golddurchwirkte Seidenrobe; auf dem Rücken ist ein schwarzer Adler eingestickt. Zwei Samuraischwerter hängen an seinem Hüftgurt. Über die rechte Wange zieht sich eine lange rote Narbe.

Dieser Mann ist der Daimyō Oda – der Kriegsherr der Samurai. Auf ihn warte ich.

Der Daimyō weiß nicht, dass ich hier bin. Er kann mich hier, unter den Dielen, nicht sehen. Er setzt sich auf sein Bett, öffnet eine Schriftrolle und beginnt zu lesen.

»Nie hätte ich mir träumen lassen, dass so etwas möglich ist«, murmelt er vor sich hin.

Nach einigen Minuten rollt er das Papier zusammen und verstaut es in einer Holzschatulle, die neben dem Kopfende steht. Er platziert das Schwert neben dem Bett, bläst die Kerze aus und legt sich schlafen.

Inzwischen ist der Mond über der Burg aufgegangen. Sein bleiches Licht fällt durch ein kleines Fenster, direkt auf das grausame Gesicht des Kriegsherrn. Oda ist der Erzfeind der Ninja. Und ich muss ihn daran hindern, unseren Clan zu vernichten. Das ist mein Auftrag.

Jetzt ist es so weit.

Sachte und äußerst leise schiebe ich die losen Dielen über mir beiseite und steige aus meinem Versteck. Wie alle Ninjas habe ich gelernt, mich lautlos anzuschleichen. In der Dunkelheit bin ich fast unsichtbar: durch die schwarzen Kleider und die Kapuze bin ich kaum mehr als ein dunkler Schatten. Nur meine Augen sind zu sehen.

Als ich mich dem Samurai nähere, bemerke ich, dass meine Hände zittern.

Schaffe ich das überhaupt?, frage ich mich.

Mein ganzes Leben lang wurde ich zum Spion und Attentäter ausgebildet. Aber ich bin erst vierzehn. Besitze ich schon alle Fähigkeiten, die ich brauche, um diese Mission erfolgreich durchzuführen? Vielleicht hätte ich *doch* auf Cho warten sollen. Kann ich, ich ganz allein, unseren Ninja-Clan retten?

Ich muss einfach beweisen, dass ich es kann. Jetzt, in dieser Nacht.

Mittlerweile habe ich mich dem Daimyō Oda so weit genähert, dass ich ihn atmen hören kann. Als ich die Hand ausstrecke, wirft mein Arm im Mondlicht einen Schatten auf sein Gesicht.

Ein kleiner Fehler. Aber ein fataler.

Urplötzlich schlägt der Kriegsherr die Augen auf. Einen Herzschlag lang starren wir uns entsetzt und erschrocken an.

Dann brüllt er: »WACHE!«

Am Tag zuvor …

Ich halte den silbern glänzenden *Shuriken* fest in der rechten Hand, ziele kurz und schleudere den Wurfstern auf das Ziel. Er fliegt wie ein winziger Lichtblitz durch die Luft.

Mit dieser Waffe übe ich jeden Tag; trotzdem kann ich es kaum glauben, als der *Shuriken* den Baumstamm genau in der Mitte trifft.

»Beachtlich«, lobt Sensei Shima und kommt zu mir herüber. »Das gibt fünf von fünf möglichen Punkten.«

Ich verbeuge mich und knie wieder in der Reihe der anderen Ninjaschüler nieder. Hier, auf einer Lichtung im Wald, üben wir die Ninja-Kampfkunst. Ein Mädchen mit langem schwarzem Haar lächelt mir kurz zu – Cho. Sie ist eine *Kunoichi*, ein weiblicher Ninja, und ist ein Jahr älter als ich. Im Clan gibt es niemanden, der ihre akrobatischen Fähigkeiten übertrifft.

»Gut gemacht. Du hast sogar Renzo geschlagen!«, flüstert sie mir zu und weist mit einer Augenbewegung auf einen großen sechzehnjährigen Jungen mit muskulösen Armen und kahl rasiertem Schädel.

Renzo starrt wütend zu mir herüber. Normalerweise wird er *nie* Zweiter.

Es gefällt ihm ganz und gar nicht, dass jemand besser ist als er.

»Zählt nicht«, knurrt er.

»Warum nicht?«, protestiere ich.

»Du bist kein echter Ninja. Hast noch keine Mission hinter dir.«

Renzo genießt es, mir diese Tatsache bei jeder Gelegenheit unter die Nase zu reiben. Meine Freude über den glänzenden Wurf des fünfschneidigen *Shuriken* versiegt.

»Du bist ja nur neidisch«, sagt Cho.

»Taka hat einen Zufallstreffer gelandet, das ist alles«, schnaubt Renzo. »Wartet mal ab, ob er so einen Wurf auch noch hinkriegt, wenn es hart auf hart zugeht, zum Beispiel bei einer Mission.«

Sensei Shima klatscht in die Hände. »Wir machen jetzt mit dem unbewaffneten Kampftraining weiter«, ruft er. »Sucht euch einen Partner.«

Ich blicke Cho fragend an, aber Renzo steht bereits vor mir, er überragt mich um fast einen Kopf.

Bevor ich auch nur reagieren kann, packt er meine beiden Arme. Ich versuche, seine Hände abzuschütteln, aber er ist zu stark. Renzo wirft mich zu Boden. Ich kämpfe gegen ihn an, versuche, wieder auf die Beine zu kommen, aber er lässt sich auf mich fallen und presst einen meiner Arme mit dem Knie auf den Boden. Ich stöhne vor Schmerzen, als er mich mit seinem ganzen Gewicht niederdrückt.

»Genau wie ich dachte«, grinst er und verdreht mir den Arm, bis die Schmerzen fast unerträglich werden. »In einem echten Kampf würdest du nicht lange überleben.«

Ich muss mich ergeben. Widerwillig klopfe ich auf den Boden.

»Gegnerwechsel!«, befiehlt der Sensei.

Ich stehe auf und reibe den Arm. Er pocht vor Schmerzen.

Cho kommt herüber, meine Partnerin für den nächsten Kampf. »Wie geht es dir?«, fragt sie.

»Geht so«, antworte ich. »Er ist zu stark für mich.«

Meinem Arm geht es wieder besser. Aber mein Stolz ist verletzt. Ich werde mir niemals die Achtung der anderen erwerben, solange ich nicht meine erste Mission erfolgreich hinter mich gebracht habe.

»Jeder hat einen Schwachpunkt«, sagt Cho. »Ich bin zwar klein, aber nur wenige können mich schlagen.«

Ohne jede Vorwarnung rammt sie mir den Finger in die Vertiefung direkt hinter dem Schlüsselbein. Dort befindet sich ein Nervenpunkt; ein weißglühender Schmerz zuckt durch meinen Körper, meine Beine geben nach und ich gehe zu Boden.

»Der Nervenpunkt wird auch *Drachentor* genannt«, erklärt sie und grinst ein bisschen hinterhältig. »Ein Druckpunkt, der sogar den größten und gemeinsten Gegner in die Knie zwingt.«

»Zeigst du ihn mir noch einmal?«

Cho wiederholt den Griff. Danach darf ich ihn an ihr ausprobieren. Ich stoße den Finger kräftig auf die Stelle und sie bricht wie eine Lumpenpuppe zusammen.

»Tut mir leid – hab ich zu fest zugepackt?«, frage ich und strecke die Hand vor, um ihr auf die Füße zu helfen.

»Nein, das war genau richtig.« Plötzlich fasst sie mein Handgelenk und wirft mich mit einer blitzschnellen Drehung auf den Rücken. »Aber es war das letzte Mal, dass ich dich so leicht gewinnen lasse.«

»Übungen beenden!«, befiehlt Sensei Shima.

Tenshin, unser Clanführer, kommt vom Dorf her auf uns zu. Er trägt seinen schwarzen *Gi*, die Ninja-Kampfkleidung, mit dem Symbol unseres Clans – zwei Falken – auf der Brust.

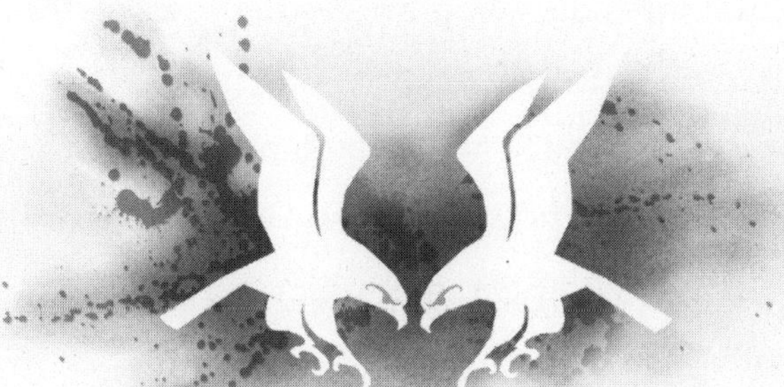

»Wir brauchen sämtliche verfügbaren Ninja für eine wichtige Mission«, verkündet Tenshin.

Endlich! Das ist meine Chance! Ich springe auf.

»Du nicht, Taka«, sagt Tenshin. »Diese Mission ist nur für Schwarze Gürtel.«

»Das wird meine zehnte Mission«, prahlt Renzo am nächsten Morgen, als sich das Ninja-Team auf den Abmarsch vorbereitet. »Sag mir noch mal, Taka, wie viele Missionen hast du schon hinter dir?«

Ich achte nicht auf ihn, sondern arbeite weiter. Ich habe den Auftrag, am Dorfbrunnen die Wasserflaschen des Teams zu befüllen.

»Du hast noch nicht einmal die Prüfung für den Schwarzen Gürtel vor dem Großmeister abgelegt!«, schnaubt Renzo verächtlich. »Bist du sicher, dass du schon ganz allein unsere Wasserflaschen auffüllen darfst?«

Ich werde rot vor Verlegenheit und Scham. Die anderen Ninja schaffen es nicht ganz, ihr spöttisches Gelächter zu unterdrücken.

Der Großmeister des *Ninjutsu*, der geheimen Kampfkunst der Ninja, ist unser Oberhaupt. Sobald ein paar Schüler vierzehn Jahre alt sind, lädt sie der Großmeister in seinen Tempel ein, wo sie aus seiner Hand eine Blume nehmen müssen. Sie dürfen dabei jedoch nicht entdeckt werden. Auch der Großmeister selbst darf nichts spüren oder fühlen, soll nicht einmal merken, dass sie da sind. Er ist alt und blind, aber die Aufgabe ist trotzdem keineswegs leicht. Denn im ganzen Tempel sind Fallen aufgestellt.

Es ist der schwierigste, der ultimative Test in unentdecktem Anschleichen, den ein Ninja bestehen muss, und als Lohn dafür erhält er seinen Schwarzen Gürtel.

Sensei Shima ist der einzige Ninja, der diese Prüfung gleich beim ersten Versuch bestand. Das war vor zehn Jahren. Hat ein Ninja erst einmal den Schwarzen Gürtel erworben, kann er für jede Mission eingesetzt werden.

Ich habe bereits zwei Versuche hinter mir.

Beide Male wurde ich entdeckt. Langsam habe ich Zweifel, ob ich den Test jemals bestehen und meinen Schwarzen Gürtel bekommen werde.

Während ich die Wasserflaschen verteile, beobachte ich meine Ninja-Kameraden, die ihre Ausrüstung ein letztes Mal überprüfen. Wie ich mir wünsche, mit ihnen gehen zu dürfen! Aber auch Cho ist heute nicht dabei. Ich blicke mich nach ihr um. Sie kommt vom Dorfplatz zu mir herüber.

»Der Großmeister will dich sehen«, sagt sie.

Entsetzt starre ich Cho an. »Mich? Aber … warum?«

»Was glaubst du wohl?«, fragt sie zurück und grinst.

»Die Prüfung für den Schwarzen Gürtel?«, rufe ich aus. »Aber ich bin doch gar nicht darauf vorbereitet!«

Renzo hat mich gehört und bricht in grausames Lachen aus. »Ha! Ein Versager wie du ist immer darauf vorbereitet zu scheitern!«

»Achte nicht auf ihn«, rät mir Cho, als wir davongehen. »Ich hab dich jeden Tag bei deinen Übungen beobachtet. Du bist so weit.«

Wir überqueren die Reisfelder, gehen durch den Wald und folgen einem Pfad, der zu den Hügeln hinaufführt. Je näher wir dem Tempel kommen, desto nervöser werde ich.

»Was ist, wenn ich noch einmal versage?«, frage ich unsicher.

»Mach dir keine Sorgen. Ich habe auch zwei Versuche gebraucht.«

»Aber das ist schon mein *dritter!*«

Cho bleibt stehen und schaut mich an. »Ich verrate dir jetzt mal ein Geheimnis. So stark und geschickt Renzo auch ist – er hat sogar *fünf* Versuche gebraucht, um seinen Schwarzen Gürtel zu bekommen. Nicht zwei, wie er immer behauptet!«

Das ist mir neu, und sofort fühle ich mich ein wenig besser. Aber ich mache mir trotzdem Sorgen, die Prüfung nicht zu bestehen.

Wir steigen die lange steinerne Treppe hinauf,

die zu einem großen Holztor führt. Cho bleibt vor dem Tempeleingang stehen.

»Wir treffen uns später wieder, unten im Dorf«, sagt sie.

»Bist du denn bei der Mission nicht dabei?«

Cho schüttelt den Kopf.

»Aber ich dachte, alle Ninja werden eingesetzt?«

»Ich bin vom Großmeister für eine besondere Aufgabe ausgewählt worden«, sagt sie, dreht sich um und geht wieder die Treppe hinunter. Ich raffe meinen ganzen Mut zusammen, doch bevor ich das Tor aufstoße, ruft sie mir noch zu: »Viel Glück! Und pass besonders bei der zweiten Stufe auf!«

2. Der Großmeister

Ich gehe durch das Tor und betrete den Tempelhof. Vor mir liegt ein großer, offener Platz mit grauen Kieselsteinen. Auf der gegenüberliegenden Seite steht der Tempel – eine große Pagode aus Holz, auf deren Dach eine Turmspitze wie ein Speer in den Himmel ragt. Links liegen die schönen, gepflegten Steingärten, durch die ein kleiner Gebirgsbach fließt, der in einen Teich mündet.

Der Platz liegt völlig verlassen vor mir. Aber ich weiß, dass der Großmeister im Tempel auf mich wartet.

Gerade als ich den Fuß auf den Kies setzen will, zögere ich – und ziehe den Fuß zurück.

Ich muss sehr nervös sein, dass ich das beinahe vergessen hätte. Genau hier habe ich bei meinem ersten Versuch versagt. Der Kies soll die Fähigkeiten eines Ninja im geräuschlosen Anschleichen auf die Probe stellen. Der Großmeister würde das Knirschen meiner Schritte auf den Steinen hören, wenn ich mich dem Tempel nähere.

Ich hole dreimal tief Luft, um mich zu beruhigen, dann beginne ich noch einmal. Genau wie Sensei Shimas es mit uns geübt hat, senke ich die Zehen und setze sie zuerst auf. Ganz langsam drücke ich den Fuß fester auf, nach den Zehen die Außenseite, erst dann die Ferse. So verursache ich keine Geräusche.

Als ich die Kiesfläche halb überquert habe, wende ich mich dem Garten zu.

Ich will den Fehler nicht wiederholen, den ich beim zweiten Versuch gemacht habe. Der Großmeister ist blind, doch umso empfindlicher sind sein Geruchssinn und sein Gehör. Letztes Mal konnte er den erdigen Geruch der Reisfelder an meinen Füßen riechen. Das war eine weitere Lektion, wie man unsichtbar bleiben kann – ein Ninja muss jeden Geruch vermeiden oder überdecken, der ihn verraten könnte.

Ich stelle mich in den Gebirgsbach, um mir den Dreck von den Füßen spülen zu lassen. Neben dem Bach wächst ein Wacholderstrauch. Ich erinnere mich, dass der Großmeister gern Wacholderholz im Tempel verbrennt, daher reiße ich ein paar Zweige ab und reibe die Nadeln über meinen Körper. Der typische Waldgeruch überdeckt meinen eigenen Geruch. Als meine Füße trocken sind, schleiche ich weiter über den Hof.

So weit, so gut.

Ich betrete den Tempel. Die Haupthalle ist dunkel und kühl. Ein polierter Holzboden

endet an einer Treppe, die zu dem Podest hinaufführt, auf dem der Schrein steht. Im Mittelpunkt des Tempels thront ein Buddha aus Bronze. Die Statue schimmert im Licht zweier Kerzen.

Auf dem Podest, vor dem Schrein, sitzt der Großmeister.

Er sitzt mit untergeschlagenen Beinen auf einem Kissen; die Hände ruhen im Schoß. Er ist so still, dass er eine Statue sein könnte. Sein Gesicht ist alt und faltig, mit langem grauem Bart. Seine Augen blicken mich direkt an, sehen aber nichts.

In der rechten Hand hält er eine blutrote Blüte.

Ich schleiche lautlos durch den Raum und habe die Treppe zum Schrein fast erreicht, als mir Chos Warnung einfällt.

Pass auf die zweite Stufe auf.

Ich schaue mir die Stufe genauer an. Eine Reihe von Nägeln ragt aus dem Holz. Die waren beim letzten Mal nicht da.

Ich steige über die zweite Stufe hinweg, ohne sie zu berühren. Nur noch ein paar Schritte, dann bin ich beim Großmeister.

Ich bin so darauf konzentriert, ohne das geringste Geräusch zu ihm zu gelangen, dass ich die zweite Falle fast nicht bemerke. Doch ein Lichtschimmer macht mich auf die Gefahr aufmerksam. Dünn wie ein Spinnenfaden, der von einem Sonnenstrahl gestreift wird, ist ein Baumwollfaden auf Knöchelhöhe quer durch den Raum gespannt. An einem Ende ist eine kleine Glocke befestigt.

Jetzt bin ich dankbar für die unerbittlichen Lektionen des Sensei Shima. Bei den Übungen ließ er uns immer wieder durch den Wald schleichen, wobei wir auf die geringsten Anzeichen einer Falle achten mussten – Steine, über die wir nachts stolpern könnten, Bäume, hinter denen ein Feind lauern, oder Büsche, in denen er sich verbergen könnte. Immer wieder bläute er uns ein: »Wichtig ist nicht das, was ihr anschaut, sondern das, was ihr seht.«

So vorsichtig wie möglich steige ich über den Faden und nähere mich dem Großmeister. Ich

kann die Blüte fast berühren, und noch immer hat sich der alte Mann nicht bewegt.

Einen Herzschlag lang zögere ich. Ich kann es kaum glauben, dass ich kurz davor bin, meinen Schwarzen Gürtel zu erringen. Es muss noch eine weitere Falle geben! Aber ich sehe sie nicht.

Ich gebe mir einen Ruck, greife entschlossen nach der Blüte – und im selben Augenblick packt der Großmeister mein Handgelenk.

Eine Schmerzwelle schießt von meinem Arm durch den Körper. Der Großmeister presst hart auf einen Nervenpunkt am Handgelenk. Ich erstarre.

Der Großmeister wendet mir das Gesicht zu.

»Denke nie, ein Mann ohne Augenlicht sehe nichts.«

»Ich werde nie ein Ninja«, klage ich und lasse den Kopf hängen.

»Dein Leben ist ein unbekannter Weg«, antwortet der Großmeister, als wir auf dem steinernen Pfad durch den Tempelgarten gehen. »Wie kannst du da so sicher sein?«

»Aber ohne Schwarzen Gürtel kann ich an keiner Mission teilnehmen.«

Der Großmeister blickt mich aus blinden Augen an.

»Der Schwarze Gürtel ist nichts weiter als ein Gürtel um deine Taille. Ein Schwarzer Gürtel zu *sein,* ist ein Zustand des Geistes. Erst wenn dein Geist wirklich bereit ist, kannst du ein Schwarzer Gürtel werden.«

»Aber ich habe schon *dreimal* versagt!«

»Jedes Versagen ist ein Erfolg, wenn man daraus lernt.«

»Aber was habe ich falsch gemacht?«, frage ich. »Ich habe alle Fallen vermieden.«

Der Großmeister lächelt. »Das hast du. Aber du hast drei Fehler gemacht.«

»*Drei!*«, entfährt es mir unwillkürlich.

»Der erste Fehler: Du bist durch die Tür gekommen. Ein Ninja darf nie das tun, was sein Feind erwartet. Komm aus einer anderen Richtung – durch ein Fenster, über das Dach, von hinten oder von unten. Wenn du durch die Tür kommst, verrät dich unweigerlich dein Geräuschschatten.«

»Mein … Geräuschschatten?«

Der Großmeister deutet zur Sonne, dann auf meinen Schatten auf dem Boden. »Wie die Sonne den Schatten deines Körpers auf die Erde wirft, so verhält es sich auch mit dem Geräusch. Als du durch die Tür gekommen bist, hast du das

Plätschern des Gebirgsbachs blockiert. Für einen kurzen Augenblick wurde das Geräusch des fließenden Wassers ein klein wenig leiser, und ich wusste, dass du hereingekommen warst.«

»*Das* habt Ihr bemerkt?«, frage ich erstaunt.

Der Großmeister nickt. »Schließe die Augen. Was hörst du?«

»Ich höre das Plätschern des Baches und den Gesang der Vögel.«

»Kannst du deinen eigenen Herzschlag hören?«

»Nein.«

»Hörst du die Ameise vor deinem Fuß?«

»Nein«, antworte ich. Ich blicke nach unten und sehe eine Ameise, die ein Blatt über den Pfad trägt. »Großmeister, wieso könnt Ihr diese Dinge hören?«

»Taka, wieso kannst du sie *nicht* hören?«

Jetzt begreife ich, dass mir der Großmeister eine wichtige Lehre erteilt, wie ich sehen und hören soll: Dass ich *alles* sehen und hören muss, was um mich herum ist.

»Dein zweiter Fehler war, deinen Atem nicht meinem Atem anzupassen«, fährt der Großmeister fort.

Das verstehe ich nicht. »Wieso würde das einen Unterschied ausmachen?«

»Ich konnte spüren, dass du näher kamst. Du musst dich in vollständiger Harmonie mit deinem Ziel befinden«, erklärt er. »Denke immer daran: Für einen Ninja ist selbst ein kleiner Fehler so tödlich wie der größte. Wenn du über eine Schlucht springst, spielt es keine Rolle, ob du auf halber Strecke abstürzt oder einen Fingerbreit vor dem Ziel – in beiden Fällen stürzt du in den Tod.«

Der Großmeister lässt die blutrote Blüte in den Bach fallen.

Ich schaue zu, wie sie davontreibt. »Dein dritter und letzter Fehler war, dass du Zweifel zugelassen hast und unsicher wurdest. Im letzten Augenblick hast du für eine Sekunde gezögert, nicht wahr?«

»Ja, Großmeister«, gebe ich zu und senke beschämt den Kopf. »Aber ich habe einfach nicht geglaubt, dass ich es schaffen würde.«

»Glaube immer an dich selbst«, sagt der Großmeister mit fester Stimme.

»Wie kann ich das, wenn ich ständig versage?«

»Lerne von der Ameise«, antwortet der Großmeister. Er deutet auf das Insekt, das immer noch versucht, das Blatt über den Weg zu zerren. »Wie groß auch immer die Aufgabe ist und wie gewaltig die Hindernisse auch sein mögen, die Ameise gibt niemals auf.«

Mit einem letzten Ruck zieht die Ameise das Blatt vom Weg und verschwindet damit im Gras.

»Denn, siehst du, Taka«, sagt der Großmeister und legt mir die Hand auf den Arm. »Es ist nicht wichtig, wie langsam du vorankommst, solange du nur niemals aufgibst.«

3. Der Verborgene Schrein

»Großmeister!« Cho kommt durch das Tor gerannt. »Die Schriftrollen sind gestohlen worden!«

Erschrocken drehen wir uns zu ihr um. Die Schriftrollen enthalten die gesamte Geheimlehre der Ninja. Darin ist alles niedergeschrieben, was der Großmeister weiß, und alles, was die Großmeister vor ihm wussten – Kampftechniken mit Waffen, unbewaffneter Kampf, die Sieben Tarnungen, die Sechzehn Geheimen Fäuste, die

Kunst der Tödlichen Berührung, tödliche Gifte und sogar Ninja-Zauberkünste.

»Was ist passiert?«, fragt der Großmeister.

»Ich habe den Verborgenen Schrein besucht, wie Ihr befohlen habt«, antwortet Cho, völlig außer Atem. »Aber als ich dorthin kam, sah ich, dass der Schrein überfallen worden war.«

»Was ist mit dem Mönch Osamu, der ihn bewachen sollte?« Auf dem Gesicht des Großmeisters spiegelt sich die Sorge um seinen alten Freund.

»Er lebt, aber sie haben ihn schlimm zugerichtet.«

»Weiß er, wer das getan hat?«

Cho nickt. »Es waren Samurai. Sie trugen das schwarze Adlersymbol der Armee des Kriegsherrn Oda.«

Der Großmeister seufzt tief auf. »Das ist keine große Überraschung.«

Voller Wut balle ich die Fäuste. So lange ich zurückdenken kann, ist der Daimyō Oda unser Feind gewesen. Manche Samurai heuern Ninja als Spione und Attentäter an, aber die meisten trauen uns nicht – und ein paar Samurai, wie der Kriegsherr Oda, wollen uns sogar vollständig vernichten. Und für mich ist die Nachricht noch schlimmer: Denn dieser Samurai-Kriegsherr ermordete vor dreizehn Jahren meinen Vater in der Schlacht des Schwarzen Adlers. Daimyō Oda ist schuld, dass ich meinen Vater nie kennenlernen durfte.

»Wir müssen die Schriftrollen zurückholen«, sagt der Großmeister entschlossen und schlägt mit der Faust in die Handfläche. »Oda darf unsere Geheimnisse nicht erfahren, denn dann wäre unser Clan dem Untergang geweiht und er könnte uns besiegen. Wann fand der Angriff statt?«

»Früh am Morgen«, antwortet Cho.

»Dann bleibt uns noch ein wenig Zeit. Die Burg des Schwarzen Adlers ist einen Tagesmarsch vom Verborgenen Schrein entfernt, aber im Schnellschritt kann ein Ninja die Entfernung in der halben Zeit zurücklegen. Unsere beiden besten Ninja sollen sich sofort auf den Weg machen.«

»Alle Ninja sind auf einer Mission«, sagt Cho.

Der Großmeister streicht sich über den grauen Bart und runzelt nachdenklich die Stirn. »Cho, dann musst du allein gehen. Es wird sehr gefährlich sein, aber …«

»Ich werde mit Cho gehen«, sage ich.

»Das ist keine Prüfung, Taka«, wendet der Großmeister ein. »Du kannst dabei ums Leben kommen.«

»Ihr habt selbst gesagt, ein Schwarzer Gürtel zu sein, ist ein Zustand des Geistes. Und dass ich an mich selbst glauben müsse. Nun, das kann ich nur tun, wenn Ihr mir die Chance dazu gebt.«

»Ich weiß, wie du dich fühlst, wenn du an Daimyō Oda denkst«, sagt der Großmeister. »Du willst gegen ihn kämpfen, um den Tod deines Vaters zu rächen. Aber du darfst *niemals* zulassen, dass Rachegelüste dich von deiner Aufgabe ablenken. Denn das könnte zum Fehlschlag führen.«

»Ich suche Gerechtigkeit, nicht Rache«, antworte ich. »Und es ist nur gerecht, die Schriftrollen zurückzuholen.«

Der Großmeister starrt mich an. Ich weiß, dass er mich nicht sehen kann, aber es kommt mir trotzdem so vor, als blicke er tief in meine Seele.

»So sei es«, sagt er schließlich, doch mit ernster, besorgter Miene. »Ihr konzentriert euch vollständig auf diese Mission und auf *nichts* anderes. Das Schicksal unseres Clans liegt nun in euren Händen.«

4. Die Schwarzadlerburg

Ich renne im Schnelllauf durch den Wald, bewege mich wie der Wind zwischen den Bäumen hindurch. Cho läuft vor mir; so leichtfüßig wie ein junges Reh springt sie über einen gefallenen Baumstamm.

Wir tragen fast kein Gepäck, denn es kommt vor allem auf Schnelligkeit an. Ich habe meine *Shuriken*-Wurfsterne in einen kleinen Rucksack gepackt. An Chos Gürtel hängt ein Wurfhaken;

das Schwert hat sie auf den Rücken geschnallt. Wir sind beide von Kopf bis Fuß in den schwarzen Ninja-Kampfanzug gekleidet.

Wir steigen hoch ins Gebirge und nehmen eine Abkürzung durch das nächste Tal. Es kommt darauf an, die Samurai einzuholen, bevor sie ihre Burg erreichen.

Cho hilft mir über einen mit Geröll übersäten Fluss und die Böschung hinauf. Ich bin inzwischen außer Atem und meine Beine zittern von der Anstrengung des Aufstiegs. Als wir den Gebirgskamm erreichen, bleibt Cho plötzlich stehen.

»Wir sind zu spät«, keucht sie.

Ich schaue in die Schlucht hinunter, durch die ein Wildwasserfluss strömt. Neben dem Fluss verläuft eine Straße, auf der ein Trupp Samurai gerade über die einzige Brücke und durch das Tor der Schwarzadlerburg marschiert.

Die Festung thront auf einem Felsen wie der abgebrochene Zahn eines Riesen. Eine hohe

Mauer schützt sie nach allen Seiten. Samuraikrieger, bewaffnet mit Speeren und Schwertern, stehen auf ihren Zinnen Wache.

»Was machen wir jetzt?«, frage ich Cho.

»Wir warten bis Sonnenuntergang«, sagt sie. »Dann dringen wir in die Burg ein.«

»Weißt du denn, wo sie die Schriftrollen aufbewahren?«

»Nein. Aber wenn wir den Daimyō finden,

finden wir auch die Rollen«, antwortet sie zuversichtlich.

Das ist ein schwacher Plan. Ich mache mir Sorgen, aber ich versuche, meine Zweifel nicht zu zeigen. Im Tempel war ich noch ebenso zuversichtlich gewesen wie Cho. Jetzt sehe ich die Festung vor mir, mit ihren hohen, starken Mauern und den bewaffneten Wächtern, und meine Hoffnung schmilzt dahin.

Die Sonne versinkt hinter den Bergen; rasch senkt sich die Dunkelheit über die Schlucht. Am Nachthimmel steigt der Vollmond auf.

»Es ist so weit«, sagt Cho schließlich. Sie rennt am Gebirgskamm entlang bis zu einer Stelle, an der ein großer Baum quer über die Schlucht gefallen ist.

»Der Stamm ist zu schwach für zwei. Wir müssen einzeln hinüber. Du gehst zuerst«, befiehlt Cho.

Ich betrachte den Baumstamm genauer. Cho will, dass ich darauf wie auf einer Brücke über die Schlucht balanciere. Eiskalte Furcht läuft mir den Rücken hinunter. Weit unter uns hören wir den Wildwasserfluss durch die Schlucht donnern – ein Fehltritt, und der Sturz würde den sicheren Tod bedeuten. Ich bin froh, dass ich die Talsohle in der Dunkelheit nicht sehen kann. Vorsichtig setze ich einen Fuß vor den anderen. Unter meinen Sohlen knarrt und stöhnt der Stamm, als würde er gleich brechen.

»Geh weiter!«, zischt Cho.

Ich erreiche die andere Seite; Cho folgt mir. Sie ist kühner als ich, wagemutiger, und überquert den Stamm mit ein paar leichten Sprüngen.

Hinter der Burg steigen wir die Felswand hinunter. Der Abstieg auf dieser Seite ist gefährlich, denn die Wand ist steil und wir können kaum die Spalten und Nischen im Felsen sehen, die Händen und Füßen Halt für den nächsten Schritt bieten. Aber wir können es nicht riskieren, von den Samurai entdeckt zu werden.

Endlich erreichen wir die Talsohle. Ich atme erleichtert auf.

Wir gehen hinter einem Gesteinsbrocken in Deckung. Über uns auf den Zinnen patrouilliert ein Samuraiwächter. Als er außer Sicht ist, rennen wir zur Burgmauer. Cho wirft ihren Wurfhaken, der sich oben an der Mauerkrone festkrallt. Sie packt das Seil, prüft, ob der Haken hält, und klettert flink hinauf. Ich folge ihr.

Kurz darauf stehen wir auf dem Wehrgang hinter den Zinnen. Wir müssen wachsam bleiben. Überall sind Samurai; wir können jederzeit entdeckt werden. Mein Herz pocht heftig, als wir eine Steintreppe hinunterschleichen und in einen Innenhof gelangen. Mitten auf dem Platz befindet sich ein Brunnen, auf der gegenüberliegenden

Seite steht ein Vorratshaus und in der hintersten Ecke können wir einen Kirschblütenbaum ausmachen.

Vorsichtig schleichen wir über den Hof, doch plötzlich hören wir Schritte. Schnell gehen wir im Vorratshaus in Deckung. Vier Wächter marschieren vorüber.

»Es gibt zu viele Wächter«, flüstert Cho. »Du bleibst hier. Ich versuche herauszufinden, wo der Daimyō ist.«

Ich nicke und Cho verschwindet in einem Durchgang. Ich möchte eigentlich mehr tun, als mich nur zu verstecken, aber ich weiß, dass sich Cho mit ihrem akrobatischen Geschick unbemerkt durch die Burg schleichen kann. Sie kann den Daimyō viel schneller finden, wenn sie es allein versucht.

Während ich auf ihre Rückkehr warte, höre ich Stimmen. Sie kommen aus der entgegengesetzten Richtung. Zwei Männer marschieren in den Innenhof, begleitet von mehreren Wächtern.

Einer der Männer ist klein und so rund wie ein Ball. Laut unterhält er sich mit dem anderen, der groß ist und wie ein Krieger aussieht. Der Krieger trägt eine golddurchwirkte Seidenrobe mit dem schwarzen Adlersymbol auf dem Rücken. Im Licht einer Laterne entdecke ich eine rote Narbe, die sich über seine Wange zieht. Dieser Mann ist Daimyō Oda!

Der Kriegsherr und seine Begleitung verlassen den Burghof. Aufgeregt überlege ich, was ich tun soll. Soll ich ihm folgen? Oder auf Cho warten?

Wenn ich warte, verlieren wir Oda vielleicht aus den Augen. Wenn ich ihm folge, finde ich vielleicht die Schriftrollen.

Das ist meine Chance, zu beweisen, dass ich ein echter Ninja bin!

Ich halte mich in den dunklen Schatten und Nischen und folge dem Daimyō zum Wohnturm der Burg. Kurz darauf sehe ich, dass im zweiten Stockwerk eine Lampe entzündet wird.

Die Lehre, die mir der Großmeister erteilt hat, fällt mir wieder ein – ich muss den Turm von einer anderen Seite betreten, wo niemand einen Eindringling erwartet. Vorsichtig klettere ich an der Außenmauer bis zu einem Fenster im zweiten Stockwerk. Als ich durch das Fenster spähe, entdecke ich einen großen schwarzen Adler, der an die Decke gemalt ist. Das muss Daimyō Odas Schlafzimmer sein.

Seine Matratze liegt ausgerollt auf dem Boden, vorbereitet für die Nacht. Neben dem Kissen steht eine große Holzschatulle. Auf ihrem Deckel sind zwei Falken eingeschnitzt. Zwei Falken – das Symbol unseres Clans! Ich habe die Schatulle entdeckt, in der die Schriftrollen aufbewahrt werden!

Aus dem nächsten Raum höre ich Stimmen – der Daimyō spricht mit dem dicken Mann. Völlig geräuschlos steige ich durch das offene Fenster. Es ist sehr schmal, aber ich bin klein und schlank genug und kann mich leicht hindurchzwängen. Doch eine der Bodendielen knarrt, als ich darauf trete.

Im anderen Raum bricht das Gespräch ab. Es wird schlagartig still.

Ich habe höchstens eine Sekunde, um mich zu entscheiden – wieder durch das Fenster zu klettern … oder mich zu verstecken.

Ich hebe die lose Diele an, zwänge mich durch den Spalt und lege mich in die schmale Öffnung. Kaum habe ich die Diele wieder über mich gezogen, wird auch schon die Schiebetür aufgeschoben.

»Niemand hier, Herr«, sagt ein Wächter, der mit kampfbereit erhobenem Schwert in das Schlafzimmer kommt. »Es muss wohl eine Maus gewesen sein.«

»Wir haben die Schriftrollen und können nicht vorsichtig genug sein«, sagt Oda. »Verdopple die Patrouillen.«

»Das haben wir bereits getan, Herr«, antwortet der Wächter.

»Dann verdopple sie nochmals!«, befiehlt Oda barsch.

Der Wächter verneigt sich und geht.

Ich beschließe, hierzubleiben. Da ich jetzt weiß, dass Oda die Schriftrollen hat, muss ich nur noch warten, bis er zu Bett geht. Sobald er fest eingeschlafen ist, kann ich die Schatulle stehlen. Meine einzige Sorge ist Cho. Sie wird denken, dass man mich gefasst hat.

Bis der Daimyō endlich die Schriftrollen zurück in die Schatulle räumt und sich schlafen legt, ist mein Körper steif vom verkrampften Zusammenducken in dem winzigen Raum unter den Dielen. Leise hebe ich die Bodenplanke an und steige aus dem Versteck. Während ich durch den Raum zu dem schlafenden Samurai schleiche, passe ich meinen Atem dem seinen an, wie es mir der Großmeister gesagt hat.

Im bleichen Mondlicht sehe ich Odas Schwert, das neben dem Bett liegt. Es wäre nur gerecht, wenn dieser Samurai durch seine eigene Waffe sterben würde!

Doch dann höre ich in Gedanken wieder die Stimme des Großmeisters: »Führe deine Mission aus und nichts anderes.«

Ich muss eine Entscheidung treffen – die Schriftrollen oder das Schwert …

Als ich die Hand ausstreckte, wirft mein Arm im Mondlicht einen Schatten auf sein Gesicht.

Ein kleiner Fehler. Aber ein fataler.

Urplötzlich schlägt der Kriegsherr die Augen auf. Einen Herzschlag lang starren wir uns entsetzt und erschrocken an.

Dann brüllt er: »WACHE!«

Ich reiße die Schatulle an mich und laufe zum Fenster. Aber Oda bekommt mich zu fassen, noch bevor ich es erreiche. Ich wehre mich, versuche mich freizukämpfen, aber er ist zu stark. Als er nach dem Schwert greift, um mir den Todesstoß zu versetzen, ramme ich ihm den Daumen in den Nervenpunkt hinter dem Schlüsselbein.

Der Drachentor-Griff.

Er schreit auf vor Schmerz und bricht zusammen.

Hastig schiebe ich die Schatulle in meinen Rucksack und klettere aus dem Fenster. Im gleichen Augenblick stürmen die Wächter in die Schlafkammer. Aber sie sind zu groß und zu muskulös, um sich durch das schmale Fenster winden zu können. Ich klettere an der Außenmauer hinunter, so schnell ich kann, und laufe

quer über den Burghof, um Cho zu suchen. Aber sie ist nirgends zu sehen.

Plötzlich stürmen Samuraiwächter aus allen möglichen Richtungen in den Hof und machen jede Hoffnung auf Flucht zunichte.

»Tötet ihn!«, bellt der Oberwächter wütend.

Die Samurai zücken die Schwerter und greifen an. Ich nehme meine *Shuriken* aus dem Rucksack.

Geschlossen greifen sie an. Fünf Samurai. Fünf Wurfsterne.

Fast kann ich Renzos schadenfrohes Grinsen in Erwartung meines Versagens sehen.

Blitzschnell schleudere ich die *Shuriken* auf die Angreifer. Den ersten Samurai trifft der Stern in die Hand. Er lässt das Schwert fallen. Der zweite Stern bohrt sich dem nächsten Angreifer in die Brust. Den dritten Mann trifft der *Shuriken* in die Kehle. Der vierte wird am Arm getroffen. Der fünfte *Shuriken* … verfehlt sein Ziel.

Er trifft stattdessen den Stamm des Kirschblütenbaums. Der letzte Wächter holt mit dem

Schwert weit aus, um mir den Kopf abzuschlagen. Ich kann dem Hieb nicht mehr ausweichen und sehe dem Tod ins Auge.

Doch da fällt Cho wie ein schwarzer Schmetterling im allerletzten Augenblick aus dem Kirschbaum. Mit einem Sprungtritt schleudert sie den Mann zur Seite; die Schwertspitze zischt um Haaresbreite an meinem Hals vorbei.

Der Wächter schwingt das Schwert herum und greift Cho an.

Als die Klinge auf sie herabfährt, springt sie vor und packt den Mann am Schwertarm. Sie dreht sich halb in ihn hinein und wirft ihn über die Schulter.

Er fliegt durch die Luft, prallt mit Schwung auf den Brunnenrand und fällt in den Schacht. Ein letzter entsetzter Aufschrei ist zu hören, dann ein lautes Platschen.

Cho dreht sich zu mir um. »Ich habe gesehen, wie du vom Turm herabgeklettert bist. Hast du die Rollen?«

Ich nicke.

»Nichts wie weg!«, sagt sie – aber schon stürmen weitere Samurai in den Burghof.

Wir rennen die Treppe zur Mauerkrone hinauf. Jetzt tauchen von überall her weitere Samurai auf. Oben auf der Mauer sieht uns ein Wächter und brüllt nach Verstärkung.

»Halte dich an mir fest«, sagt Cho und wirft mit Schwung einen ihrer Haken um einen steinernen Wasserspeier, der unter den Zinnen aus der Mauer ragt.

Die Samurai stürmen heran. Cho springt von der Mauer. Ich klammere mich an sie, mein Leben hängt davon ab.

Wir schwingen durch die Luft, der Boden kommt rasend schnell auf uns zu. Cho lässt im letzten Augenblick los. Wir landen, rollen uns ab, springen wieder auf.

Ohne eine Sekunde zu zögern, sprinten wir zur Brücke. Es wäre sinnlos, an der Steilwand in die Schlucht hinunterzuklettern. Wir würden sofort mit Pfeilen abgeschossen. Unsere einzige Hoffnung ist, schneller als die Samurai zu sein.

Aber als wir den Fluss erreichen, sehen wir, dass die Wächter die Zugbrücke hochgezogen haben.

»Wir müssen schwimmen!«, sagt Cho. Voller Furcht blickt sie auf den reißenden Strom.

»Dann würden die Schriftrollen zerstört«, sage ich.

»Was bleibt uns aber anderes übrig?«, fragt Cho.

Die Burgtore schwingen auf und ein Trupp von Samurai stürmt heraus.

Verzweifelt blicken wir uns nach anderen Möglichkeiten um, über den Fluss zu kommen. Aber es ist nichts zu sehen. Nur ein paar Bäume und ein kleines Bambusgestrüpp säumten die Böschung am Flussufer.

Plötzlich kommt mir eine Idee.

5. Die Prüfung

»Wohin willst du?«, fragt Cho, als ich ihr zum Bambusgestrüpp vorauslaufe.

Die Samurai sind uns auf den Fersen, und sie kommen rasch näher.

»Hinauf!«, antworte ich knapp.

Cho schaut mich verwundert an.

»Vertrau mir«, sage ich hastig und klettere am stärksten Bambusstamm hinauf.

Kurz bevor wir die Spitze erreichen, beginnt

sich der Stamm unter unserem Gewicht zu biegen. Immer schneller beugt er sich nach unten – über den Fluss. Wir sausen durch die Luft, bis wir über dem anderen Ufer hängen. Dort lassen wir gleichzeitig los und fallen zu Boden.

Der Bambus schnellt zurück und steht bereits wieder aufrecht, als die Verfolger am anderen Ufer auftauchen. Geschockt starren sie herüber.

»Wie sind sie über den Fluss gekommen?«, schreit einer wütend.

»Sie müssen geflogen sein!«, ruft ein anderer.

»Das ist Ninja-Magie!«, brüllt Daimyō Oda. Wir erkennen ihn an der goldenen Robe, die im Mondlicht schimmert.

Wir verschwinden in der Dunkelheit, aber seine Stimme dröhnt über den Fluss: »Ninja, seid gewarnt! Ich werde mich rächen!«

* * *

Das ganze Dorf hat sich im Tempel versammelt, um uns und die Schriftrollen zu empfangen.

Wir steigen gemeinsam die lange steinerne Treppe zum Tempel hinauf.

»Wie ich höre, hast du den Schwarzen Gürtel nicht bestanden – wieder mal«, schnaubt Renzo verächtlich, als wir auf der Treppe an ihm vorbeikommen.

»Eine Ameise gibt niemals auf«, gebe ich zurück. »Du solltest das am besten von uns allen wissen, schließlich hast du es *fünf Mal* versucht!«

Renzo braucht ein paar Augenblicke, bis er kapiert, was ich meine, doch dann läuft sein Gesicht dunkelrot an. Alle Umstehenden drehen sich zu ihm und schauen ihn erstaunt an; es ist klar, dass sie kaum glauben können, was sie gerade gehört haben.

Während Renzo stotternd versucht, sich aus seiner Lüge herauszuwinden, durchqueren Cho und ich den Tempelhof. Der Großmeister erwartet uns vor dem Tempel. Wir knien vor ihm nieder und ich übergebe ihm die Kassette mit den Schriftrollen.

Feierlich nimmt er die kostbare Kassette entgegen – und legt mir einen Schwarzen Gürtel in die Hände.

»Aber … ich habe Eure Prüfung nicht bestanden«, bringe ich mühsam hervor.

»Die Schriftrollen wiederzubeschaffen, war deine Prüfung«, antwortet er lächelnd. »Und du hast sie bestanden.«

»Aber was wäre gewesen, wenn ich versagt hätte?«, frage ich. »Daimyō Oda hätte dann all unsere Geheimnisse erfahren!«

»Ich wusste, dass du es schaffen würdest«, sagt der Großmeister. »Denn dieses Mal warst du selbst davon überzeugt, dass du erfolgreich sein wirst. Und manchmal reicht es vollkommen, dass man an sich selbst glaubt.«

Dann lacht er. »Und es waren ohnehin nicht die *echten* Schriftrollen.«

Ich starre ihn geschockt an. »Für falsche Rollen haben wir unser Leben riskiert?«

Der Großmeister schüttelt den Kopf. »Nein. Eure Mission war sehr wichtig. Ich wusste, dass Daimyō Oda die Rollen unbedingt haben wollte. Deshalb ließ ich zu, dass er sie stahl. Aber zuvor hatte ich die echten gegen gefälschte Rollen ausgetauscht.«

»Aber warum habt ihr uns dann losgeschickt, um sie zurückzuholen?«, frage ich.

»Wenn wir nicht versucht hätten, sie zurückzuholen, hätte der Daimyō erraten, dass es gefälschte Rollen waren«, erklärt er, und langsam begreife ich, wie listig sein Plan ist. »Jetzt denkt er, dass er unsere Geheimnisse kennt. Er glaubt, dass alles wahr ist, was er in den gestohlenen Rollen lesen konnte.«

Wieder lacht der Großmeister. »Daimyō Oda ist nun überzeugt, dass Ninja wie Geister durch Wände gehen können, sich in Spinnen verwandeln und sogar wie Vögel fliegen!«

Cho und ich schauen uns an und müssen ebenfalls lachen.

»Aber genau das haben wir ja auch getan!«

6. Tödliche Berührung

Japan, im Jahr 1580

Schmerzen zucken wie Feuer durch meine Brust. Ich breche zusammen, stürze auf den Holzboden des Tempels.

Ein alter Mann mit runzligem Gesicht, milchig-trüben Augen und langem Bart ragt über mir empor. Es ist der Großmeister meines Ninja-Clans.

Soeben hat er *Dim Mak*, die »Kunst der Tödlichen Berührung«, an mir vorgeführt.

»Bei der Kunst der Tödlichen Berührung geht es nicht um Kraft«, erklärt der Großmeister den anderen Ninja-Schülern, die im Kreis um mich stehen, während ich mich zitternd vor Schmerzen auf dem Boden winde. »Wie ihr gesehen habt, habe ich Taka kaum angerührt.«

Ein Mädchen mit langem schwarzem Haar kniet neben mir nieder: meine beste Freundin Cho.

Sie ist eine weibliche Ninja, die *Kunoichi* genannt werden. Sie schaut mich mit großen braunen Augen besorgt an.

»Was habt Ihr mit ihm gemacht?«, fragt Cho, während ich noch immer um Atem ringe.

»Ich habe sein Qi blockiert«, erklärt der Großmeister ungerührt.

Renzo, ein sechzehnjähriger Schüler mit kahl rasiertem Schädel und muskulösem Körper, runzelt verwirrt die Stirn.

Obwohl der Großmeister vollkommen blind ist, spürt er Renzos Verwirrung und wendet sich zu ihm um.

»Ein Schüler, der eine Frage stellt, ist für einen Augenblick ein Narr. Ein Schüler, der keine Frage stellt, bleibt sein Leben lang ein Narr«, sagt der Großmeister.

Die übrigen Schüler starren Renzo an, dessen Gesicht vor Scham rot anläuft. Währenddessen winde ich mich immer noch vor Schmerzen auf dem Boden.

Renzo braucht eine Weile, bis er die Bemerkung des Großmeisters begriffen hat. Nach einem peinlichen Augenblick fragt Renzo: »Was … ist das *Qi*?«

»Das Qi ist die Lebensenergie«, erklärt der Großmeister mit feinem Lächeln. »Es ist entscheidend für deine ganze Existenz. Du kannst drei Monate lang ohne Nahrung leben. Drei Tage ohne Wasser. Drei Minuten ohne Luft. Aber keine einzige Sekunde ohne Qi.«

Der Großmeister hält den knochigen Zeigefinger in die Höhe, um diesen Augenblick besonders zu betonen. Dann fährt er mit dem Finger über Renzos Brust. »Chi fließt als unsichtbare Energielinie durch deinen Körper«, fährt er fort. »An bestimmten Punkten entlang dieser Linien kann ein Ninja die Tödliche Berührung anwenden. Trifft er genau den richtigen Punkt, kann er damit die Energie des Gegners blockieren. Er kann seine Lebensenergie auch völlig zerstören. Und er kann ihm sogar böses Qi eingeben.«

Die Tödliche Berührung presst mir das Leben aus dem Körper. In meinen Ohren klingt die Stimme des Großmeisters immer ferner; es ist, als schallte seine Stimme vom hintersten Ende einer großen Höhle zu mir herüber. Die Schmerzen breiten sich in meinen Armen und Beinen aus; ich kann mich nicht mehr bewegen.

Cho sieht die Todesangst in meinen Augen. »Ich glaube, Taka kann es nicht mehr lange …«, sagt sie zögernd.

Renzo fällt ihr ins Wort: »Stirbt Taka?«

»Wenn ich die Blockade seines Qi nicht aufhebe – ja, dann wird er sterben«, antwortet der Großmeister.

Renzo schaut auf mich herab und grinst. »Oh je, das wäre doch wirklich jammerschade«, sagt

er. Allen ist klar, dass ihm das vollkommen gleichgültig wäre.

Ich gerate in Panik. Ich bin vierzehn Jahre alt, zu jung, um schon zu sterben. Inzwischen fühlt sich meine Brust an, als würde sie unter einem großen Felsblock allmählich zerquetscht. Ich kann kaum noch atmen.

Aber der Großmeister unternimmt nichts, um mich zu retten.

Er fährt einfach mit seiner Lektion fort. »Einem gut Geübten, der genau weiß, an welchen Stellen er den menschlichen Körper treffen muss, wird es leichtfallen, die Tödliche Berührung auszuführen – und den Gegner tatsächlich zu töten.«

»Prima! Und wann lernen wir denn nun die Tödliche Berührung?«, fragt Renzo eifrig und biegt seine Finger, um sie beweglicher zu machen.

Der Großmeister blickt Renzo streng an. »Bevor du rennst, musst du erst einmal lernen zu gehen«, antwortet er. »Zunächst einmal werde ich euch die Nervenpunkte erklären, an denen sich der Schwertarm des Gegners ausschalten lässt. Damit befassen wir uns morgen, in der nächsten Lehrstunde.«

Der Großmeister nimmt seinen Stock und hinkt davon.

»Großmeister!«, ruft ihm Cho nach. »Und was ist mit Taka?«

Der Großmeister bleibt stehen und dreht sich um, offenbar überrascht. »Tut mir leid – das hätte ich beinahe vergessen. Muss wohl das Alter sein. Nun … helft Taka auf die Füße.«

Cho und zwei weitere Schüler heben mich vom Boden hoch und stützen mich. Ich hänge wie eine Lumpenpuppe zwischen ihnen.

Der Großmeister drückt auf drei Nervenpunkte an meinem Rücken. Sofort verschwinden die Schmerzen. Ich fühle mich wie neugeboren.

»Alles wieder in Ordnung?«, fragt Cho besorgt, als ich mich mit wackligen Beinen aufrichte.

»Jetzt geht es wieder«, keuche ich. Ich presse die Hand auf mein heftig pochendes Herz. »Aber eins sage ich dir: Ich werde mich nie mehr freiwillig melden, wenn uns der Großmeister eine neue Technik zeigen will!«

Ich stoße den Spaten tief in den schlammigen Graben und hebe einen Klumpen Erde auf die steile Böschung über mir. Es fällt mir schwer, nicht auf die Schmerzen zu achten, die ich überall am Körper spüre. Hinter uns liegt ein Monat Übungen mit der Tödlichen Berührung und sämtliche Schüler sind wie zerschlagen und übersät mit Blutergüssen. Man braucht eine Menge Übung, um die richtigen Nervenpunkte auf den Qi-Linien zu treffen, und meistens verfehlen wir sie.

»Meine Rückenschmerzen bringen mich um«, stöhnt Jun, ein großer, schlaksiger Junge, der im nächsten Graben arbeitet. Er richtet sich auf, streckt sich und ruft dem Lehrer zu, der unsere Arbeit beaufsichtigt: »Sensei, wir haben doch schon genügend Reisfelder! Welchen Sinn hat es, noch weitere Gräben auszuheben und Wälle aufzuschütten?«

Sensei Shima schaut ihn durchdringend an. »Ein Ninja muss das Unhörbare hören, das Unsichtbare sehen und das Schmerzhafte ertragen«, antwortet er. »Wenn du nicht erkennst, warum du hier gräbst, musst du eben noch eine Weile weitergraben.«

Die übrigen Schüler werfen sich verblüffte Blicke zu. Warum wir diese Gräben ausheben müssen, ist keinem von uns klar. Normalerweise ist Sensei Shima unser Lehrer für Kampf und Kriegstaktik, aber in den letzten paar Wochen haben wir die meiste Zeit damit verbracht, Holz zu hacken, Zäune zu bauen und eben Gräben auszuheben.

»Ich erwarte von euch, dass ihr diese Arbeit bis zum Sonnenuntergang fertigstellt«, sagt Sensei Shima. Dann spaziert er zum Bauernhaus hinüber und verschwindet im Innern.

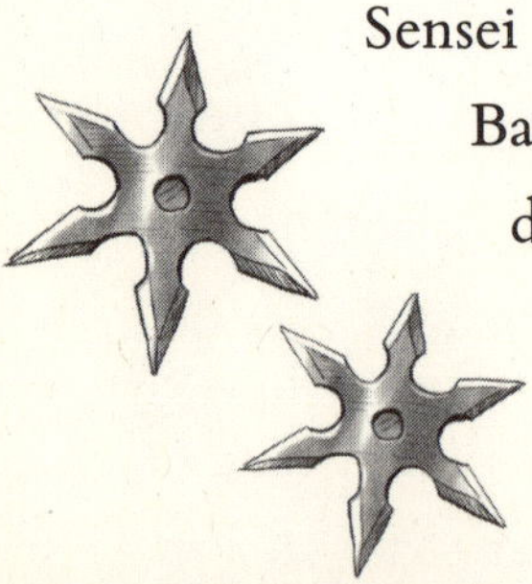

»Ich fasse es nicht!«, brüllt Renzo und wirft wütend den Spaten zu Boden. »Sensei Shima geht Tee trinken, während wir im Schlamm weiterschuften müssen!«

Renzos Freundin Yoko wischt sich Schlammspritzer aus dem Gesicht und murrt: »In der letzten Unterrichtsstunde mussten wir die Bäume für ihn zurückbinden. Davor ließ er uns Feuerholz auf die Felsen und die Felder schaffen. Was für einen Sinn hat denn das? Wir wollen doch Ninja werden, nicht Gärtner!«

»Stimmt genau«, nickt Renzo. »Wann tun wir endlich wieder etwas, das einen Wert hat? Die Lektionen über die Tödliche Berührung beim Großmeister machen doch viel mehr Spaß!«

Er schließt die Finger und deutet damit eine »Schlangenkopffaust« an. Das ist ein tödlicher Stoß, den uns der Großmeister gerade heute Morgen beigebracht hat.

»Auch diese Lektionen hier sind wertvoll für uns«, widerspricht Cho, die ihren Graben schon halb ausgehoben hat. »Damit bleiben wir stark und fit, damit wir gut klettern, hoch springen und schnell laufen können.«

»Aber ich bin schon stark genug!«, sagt Renzo. Er zeigt Cho seinen eindrucksvollen Bizeps und lässt die Muskeln ein wenig zucken. Dann dreht er sich zu mir um. »Taka, du machst jetzt in meinem Graben weiter.«

»Ich? Wieso?«

»Weil dein schmächtiger Körper dringend ein wenig Übung braucht«, sagt er und lacht verächtlich.

Renzo ist mein Rivale und legt sich ständig mit mir an. Aber seit ich meine erste Mission erfolgreich durchgeführt und den Schwarzen Gürtel erworben habe, kann er mir keine Angst mehr einjagen.

»Sensei Shima sagt, Muskeln sind bei einem Ninja nicht alles«, gebe ich zurück. »Die besten Ninja sind schlank und gelenkig und keine fetten, trägen Muskelprotze.«

Renzo springt mit einem Satz in meinen Graben und baut sich vor mir auf.

»Du willst es wohl unbedingt auf einen Kampf ankommen lassen, wie?«, faucht er mich an. »Du hältst dich für einen Helden, bloß weil du die Schriftrollen zurückgeholt hast, stimmt's? Na, ich sag dir mal was: Du bist kein Held. Ich habe gehört, dein Vater wurde getötet, als er bei der Schlacht des Schwarzen Adlers davonlaufen wollte. Er war ein Feigling – und das heißt, du bist auch einer.«

Dass Renzo das Andenken an meinen toten Vater beschmutzt, lässt mich vor Wut schier explodieren. Ich hebe den Spaten, um ihn niederzuschlagen, aber blitzschnell ballt Renzo die Schlangenkopffaust und stößt sie in den Nervenpunkt an meiner Schulter. Mein Arm wird sofort schlaff und der Spaten fällt mir aus der Hand.

»Zu schwach, um auch nur einen Spaten zu halten?«, grinst Renzo schadenfroh.

Wie ich es auch versuche, ich kann meinen Arm nicht mehr bewegen. Er ist völlig taub geworden und hängt kraftlos herab.

»Löse meinen Arm!«, verlange ich wütend.

Renzo zuckt mit falschem Bedauern die Schultern. »Oh, tut mir leid, aber ich hab keine Ahnung, wie man das macht. Hat uns der Sensei noch nicht beigebracht.«

»Dann erledige ich das«, sagt Cho, springt herbei und untersucht kurz meinen Arm.

»Der arme, arme Taka!«, höhnt Renzo. »Muss sich von einem Mädchen retten lassen!«

»Dein Schädel ist so leer, den könnte man als Tempelglocke benutzen!«, faucht ihn Cho an. Sie versucht, die richtige Stelle zu finden, um die Lähmung aufzuheben, aber nach drei Versuchen gibt sie auf.

»Keine Ahnung, was dieser Hohlkopf Renzo gemacht hat«, seufzt sie. »Du wirst damit zum Großmeister gehen müssen.«

Mit Chos Hilfe steige ich aus dem Graben. Der

Tempel des Großmeisters liegt oben auf dem Berg im Norden. Ein langer Pfad führt hinauf. Ich werfe Renzo einen wütenden Blick zu, als ich mich auf den Weg mache.

»Du musst dich beeilen«, lacht Renzo spöttisch und deutet auf die Sonne, die schon tief am Himmel steht. »Dein Graben muss bis Sonnenuntergang fertig sein.«

7. Ein echter Krieger

»Renzo hat diesen Kampfstoß wirklich gut verstanden«, sagt der Großmeister. Das Geschick meines Rivalen scheint ihn zu beeindrucken, doch gleichzeitig ist er wohl enttäuscht, dass Renzo diesen Stoß an einem Ninja-Gefährten ausprobiert hat. »Aber er muss lernen, sich selbst in den Griff zu bekommen.«

»In der Tat«, antworte ich, während ich meinen Arm mehrmals anwinkle und schüttle, um das taube, steife Gefühl loszuwerden. »Renzo will ständig beweisen, dass er alles besser kann als ich.«

»Dann ist das wohl sein Problem«, nickt der Großmeister. »Aber es ist wichtiger, das Beste aus sich selbst herauszuholen, statt zu versuchen, besser zu sein als ein anderer.«

Freundlich legt er mir die Hand auf den Arm.

»Nächstes Mal darfst du dich nicht von deiner eigenen Wut überwältigen lassen«, rät er mir. »Zorn ist wie ein Stück glühende Kohle. Wenn du sie packst, um sie auf jemanden zu werfen, verbrennst du dir nur selbst die Hand.«

Er nimmt seinen Stab und geht davon. Ich bleibe allein im Tempelgarten zurück und denke über seine weisen Worte nach.

Schließlich gehe ich durch den Wald zurück. Es ist Herbst geworden; die Blätter haben sich golden, orange und rot verfärbt. Durch eine Lücke zwischen den Bäumen ist weit unten unser Dorf zu sehen. Es liegt versteckt in einem abgelegenen Tal; man kann es nur über ein paar steile

Gebirgspässe erreichen. Jene Wege, die zum Dorf führen, sind das am besten gehütete Geheimnis unseres Clans.

Ich kicke einen Laubhaufen aus dem Weg. Trotz des Ratschlags, den mir der Großmeister gegeben hat, bin ich immer noch wütend auf Renzo und das, was er über meinen Vater gesagt hat. Ich weiß so wenig von ihm … Er wurde vom Samurai-Kriegsherrn Oda getötet, als ich noch ein Baby war.

War er wirklich ein Feigling?

Weiter unten entdecke ich zu meiner Überraschung meine Mutter. Sie bückt sich gerade neben einem Baumstamm nieder, um einen Riesenbovist zu schneiden. Sämtliche Dorfbewohner gehen zu ihr, wenn sie sich krank fühlen – meine Mutter bereitet starke Arzneien zu. Ich weiß, dass sie die Pilzsporen für ihre Salben gegen Infektionen verwendet.

Sie blickt auf und ruft erfreut: »Taka! Was hast du hier oben zu suchen?«

»Ich musste zum Großmeister«, erkläre ich.

Meine Mutter lächelt stolz. Mir ist klar, dass sie geheime Hoffnungen hegt, ich würde der nächste Großmeister werden. Es ist wohl besser, wenn ich ihr nicht erzähle, warum ich ihn wirklich aufsuchen musste. Aber eine wichtige Frage brennt mir auf der Seele.

»Mutter«, sage ich zögernd, »ist mein Vater bei der Schlacht des Schwarzen Adlers wirklich … davongelaufen?«

Ihr Lächeln verschwindet und sie blickt mich entsetzt an. »Wer behauptet denn so etwas?«

»Renzo«, gebe ich zu.

Meine Mutter runzelt verärgert die Stirn. »Der Junge ist schlimmer als die Pest. Hör mir genau zu, Taka: Dein Vater war ein echter Krieger.«

»Aber *wer* war er? Du hast mir nie von ihm erzählt.«

Meine Mutter seufzt. »Das ist schwer zu erklären. Du musst verstehen …«

Doch plötzlich verstummt sie. Aus dem Wald

hinter uns sind Geräusche zu hören. Schritte, die durch das Unterholz trampeln. Kein Ninja würde jemals so viel Lärm machen.

Rasch verstecke ich mich in einem Gebüsch neben dem Pfad. Meine Mutter geht hinter einem Baumstamm in Deckung.

Obwohl unser Dorf nicht weit entfernt ist, muss ein Ninja immer wachsam bleiben. Erst vor Kurzem hat unser Clanführer Tenshin berichtet, dass die Samurai immer häufiger durch unser Gebiet streifen. Der Daimyō Oda hat geschworen, dass er jeden Ninja-Clan in seinem Herrschaftsgebiet vernichten wolle.

Vier Monate ist es her, seit ich unsere Schriftrollen, die er gestohlen hatte, aus seinen Gemächern geholt und unserem Clan zurückgebracht habe. Seither streifen seine Trupps in unserer Gebirgsgegend herum, um uns auszukundschaften.

Das Knacken der Zweige und Äste wird lauter. Die Schritte klingen schwer, ungleichmäßig, und kommen näher. Jetzt höre ich sogar ein hartes, schnelles Keuchen.

Sollte der Eindringling ein Samurai sein, müssen wir ihn töten. Wir können nicht zulassen, dass er zu Daimyō Oda zurückkehrt und ihm genau berichtet, wie gut unser Dorf auf einen Angriff vorbereitet ist.

Meine Mutter zieht ein Messer aus der Tasche.

Ich nehme drei *Shuriken* von meinem Gürtel. Die Spitzen der Ninja-Wurfsterne sind mit einem tödlichen Gift bestrichen. Die Sterne sind meine bevorzugte Waffe.

Jetzt ist ein Rascheln aus dem dichten Unterholz zu hören. Ich mache mich bereit, meine *Shuriken* zu werfen.

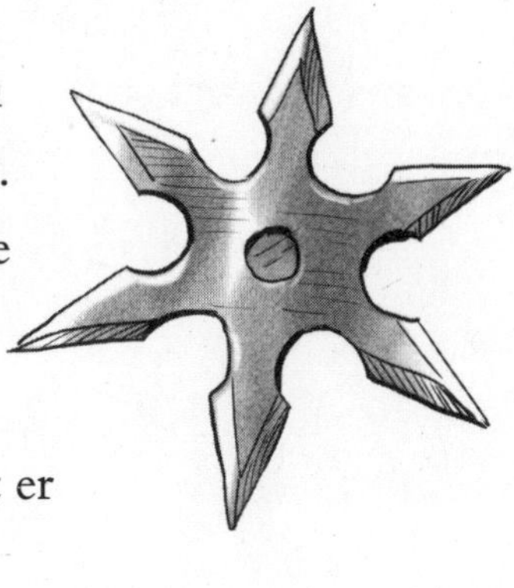

Ein Mann taumelt aus den Büschen auf den Waldpfad. Er trägt eine safranfarbene Mönchskutte. In der einen Hand hält er ein Muschelhorn, mit der anderen stützt er sich schwer auf einen Holzstock. Er scheint ein *Yamabushi*, ein Bergmönch, zu sein.

Der Mann stolpert und fällt gegen einen Baumstamm. In diesem Moment entdecke ich zwei Pfeile, die aus seinem Rücken ragen.

»Riku!«, ruft meine Mutter entsetzt. Sie springt hinter ihrem Stamm hervor und läuft zu ihm.

Ich schaue ihn genauer an, und jetzt erkenne auch ich ihn: Er trägt die Mönchskutte nur zur Tarnung, er ist kein Bergmönch, sondern einer der besten Spione des Tenshin.

Riku bricht in den Armen meiner Mutter zusammen. Sie lässt ihn zu Boden gleiten, öffnet ihre Arzneitasche und macht sich daran, seine Wunden zu versorgen.

»Nein, Akemi …«, stöhnt Riku. »Hör … mir erst … zu …«

Rikus Atem geht flach und stoßweise, seine Stimme klingt schwach. Wir beugen uns dicht über ihn, um verstehen zu können, was er sagt.

»Ich wollte die … Schwarzadlerburg auskundschaften … habe Oda gehört … er hat sich mit seinen Generälen beraten, aus welcher Richtung … er am besten unser Dorf überfallen kann!«

Meine Mutter und ich schauen uns entsetzt an.

»Dann müssen wir die Gebirgspässe schließen«, sagt meine Mutter.

»Zu spät«, stößt Riku mit seinen letzten Atemzügen hervor. »Daimyō Oda … ist mit seiner Armee … schon im Anmarsch. Sie werden bei Sonnenaufgang hier sein.«

8. Das Schwert der Vernichtung

Kurz vor Sonnenaufgang treffe ich Cho auf dem Dorfplatz. Wie ich trägt auch sie den schwarzen *Gi*, die Ninja-Kampfkleidung, mit dem vorn aufgestickten Emblem unseres Clans, den zwei Falken.

Wir nehmen unsere Plätze in der Clanversammlung ein. Sämtliche Ninja tragen Kampfkleidung und sind bewaffnet. Cho trägt ihr Schwert bei sich. An Juns Gürtel hängen zwei

Kama – gebogene Sicheln mit Holzgriffen. Renzo lässt seinen *Nunchaku* wirbeln, zwei mit einer kurzen Kette verbundene Schlagstöcke. Natürlich will er sich damit wieder mal vor Yoko groß aufspielen, die mit ihren *Shuko*, den Tigerkrallen, bewaffnet ist. An meinem Gürtel hängt eine Reihe *Shuriken*.

Renzo wirft mir einen verächtlichen Blick zu. »Hätte nicht gedacht, diesen Feigling hier zu sehen«, sagt er zu Yoko.

Ich spüre heiße Wut in mir aufsteigen.

Cho packt meinen Arm und hält mich zurück. »Der ist heute nicht dein Feind«, ermahnt sie mich, »sondern Oda!«

Mühsam kämpfe ich meine Wut nieder. »Ich weiß«, sage ich, »aber wir sollten alle auf derselben Seite stehen!«

Unser Clanführer Tenshin erklimmt den Dorfwachturm, gefolgt von Sensei Shima. Tenshin hebt die Hand und gebietet Ruhe.

»Jeder Ninja weiß, dass eine nicht gekämpfte

Schlacht ein Sieg ist«, verkündet er. »Aber in diesem Fall lässt uns Daimyō Oda keine andere Wahl. Dieses Dorf ist unser Zuhause, wir müssen es verteidigen. Doch fürchtet euch nicht, denn genau einen solchen Angriff haben Sensei Shima und ich vorhergesehen und einen Verteidigungsplan entworfen.«

Er nickt Sensei Shima zu, der nun seine Befehle

erteilt. Zwei Männer müssen den Bach umleiten, der durch das Dorf fließt. Sie öffnen eine Schleuse und innerhalb weniger Minuten füllen sich die Gräben, die wir Schüler ausgehoben haben. Erstaunt sehe ich, wie sich um uns ein geschlossener Ring aus Wasser bildet. Auch die anderen Schüler sind verblüfft. Sensei Shima hat rings um das Dorf einen Wassergraben anlegen lassen!

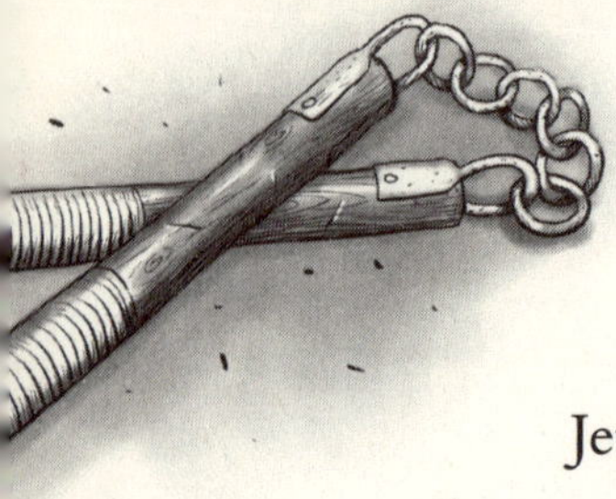

Mir fallen seine Worte ein: »Ein Ninja muss das Unsichtbare sehen.«

Jetzt endlich kann ich erkennen, dass wir seit einem Monat an diesen Verteidigungsanlagen gearbeitet haben, ohne es zu wissen!

- Denn die hohen Erdwälle, die wir aufgeschüttet haben, bilden ein wirksames Bollwerk gegen das feindliche Heer.
- Die Wege zwischen den Reisfeldern sind gerade so breit, dass nur eine einzige Person darübergehen kann.
- Die Zäune aus Bambusstöcken, die wir aufgestellt haben, bilden rings um den Dorfplatz ein scharfzackiges Hindernis.
- Die Äste am Waldrand, die wir weit herabgebogen und festgebunden haben, sind Fallen. Stolperdrähte sind verborgen im Gebüsch durch den Wald gespannt.

Ohne es selbst zu bemerken, haben wir das ganze Dorf in eine Festung verwandelt!

Hinter dem Gebirgskamm im Osten kräuselt sich eine schmale Rauchsäule in den Morgenhimmel: das Warnsignal eines unserer Ninja-Kundschafter.

»Daimyō Oda ist da!«, verkündet Tenshin mit ernster Miene. »Heißen wir ihn und sein Heer in bester Ninja-Tradition willkommen!«

Dann grinst er breit und reckt sein berühmtes tödliches Schwert in die Höhe – das Schwert der Vernichtung.

Die Klinge ist gezackt wie eine Säge.

Der gesamte Clan antwortet ihm mit gereckten Schwertern und einem mächtigen Schlachtruf.

Das Gebrüll aus so vielen Kehlen ermutigt mich und gibt mir das Gefühl der Stärke.

Dann werden wir still. Oben auf dem Gebirgskamm ist das erste Banner mit dem Schwarzen Adler erschienen. Dann taucht eine zweite Fahne auf … eine dritte …

Bald reihen sich zahllose Fahnen auf dem Bergkamm. Sie wiegen sich im Wind wie ein Schwarm hungriger Geier.

Trotz der Zuversicht, die ich bei unserem Schlachtruf verspürt habe, läuft mir nun beim Anblick so vieler Krieger ein kalter Schauder über den Rücken.

Daimyō Oda greift unser Dorf mit einem Heer von über tausend Samurai an.

Ein Dorf mit weniger als hundert Ninja-Kämpfern. Welche Chance haben wir da noch?

»Daimyō Oda fordert euch zur Kapitulation auf«, ruft der Botschafter kalt. Er ist in das Tal herabgeritten und erwartet am Dorfrand unsere Antwort.

Tenshin lacht spöttisch und ruft zurück: »Melde Daimyō Oda, wir fordern, dass *er* sich ergibt!«

Die Antwort verblüfft den Samurai. »A-aber wir sind euch zehnfach überlegen!«

»Stimmt«, nickt Tenshin unbekümmert. »Schade, dass ihr nicht mehr Männer mitgebracht habt. Eure Niederlage wird schnell erfolgen und Schimpf und Schande über euch bringen.«

Der Samurai kann kaum glauben, was er da zu hören bekommt. Wütend reißt er sein Pferd herum und galoppiert durch das Tal zurück zu Daimyō Oda.

Auch ich bin schockiert. »Glaubt Tenshin wirklich im Ernst, dass wir siegen können?«, flüstere ich Cho zu.

»Glaubt er es?«, antwortet der Großmeister, der

unbemerkt hinter mich getreten ist. »Nein, er *glaubt* es nicht – er *weiß*, dass wir es können.«

»Aber ihre Armee ist uns hoffnungslos überlegen, sie wird uns auslöschen!«, sagt Cho, während sie schockiert auf die lange Reihe von Schwertern, Speeren und Kampfäxten starrt, die auf dem Bergkamm den Angriffsbefehl erwarten.

Der Großmeister stützt sich auf seinen Stab und tippt mit dem Finger an die Stirn. »Ein Sieger siegt zuerst mit dem Verstand, erst dann zieht er in den Krieg. Ein Verlierer zieht in den Krieg und versucht dann zu siegen. In seinem Verstand hat Tenshin diese Schlacht bereits gewonnen. Das ist es, was ihr beide nun ebenfalls tun müsst.«

Ich befolge seinen Ratschlag und versuche mir unseren Sieg vorzustellen, aber der schiere Gedanke an das bevorstehende Blutbad jagt mir Angst und Schrecken ein.

Der Großmeister legt mir die Hand auf den Arm und betrachtet mich mit seinen blinden Augen. »Hast du Angst, Taka?«

Mir ist klar, dass es sinnlos ist, den Großmeister zu belügen. Er mag blind sein, aber er sieht immer die Wahrheit. Ich kann nur hoffen, dass Renzo meine Antwort nicht hört, als ich zugebe: »Ja.«

»Gut. Das solltest du auch«, sagt der Großmeister zu meiner Überraschung. »Furcht kann eine Maus dazu bringen, einen Löwen anzugreifen. Benutze deine Furcht als Quelle deiner Stärke. Denke an die Techniken, die ich euch beigebracht habe, dann wirst du auch morgen noch leben.«

Und damit hinkt er davon, um auch den übrigen jungen Ninja Mut zuzusprechen, die vor ihrer ersten großen Schlacht stehen.

»Keine Angst«, sagt Cho, »ich halte dir den Rücken frei.«

Ich lächle ihr zu. »Und ich schütze deinen Rücken.«

Als Zeichen unserer Freundschaft stoßen wir die Fäuste aneinander. Im selben Augenblick hallt ein wütender Aufschrei durch das Tal. Aus der

Ferne sehen wir, dass der Bote Daimyō Oda gerade unsere Antwort überbracht hat.

Da brüllt Oda vom Gebirgskamm herab: »MACHT EUCH AUF EUREN TOD GEFASST, NINJA!«

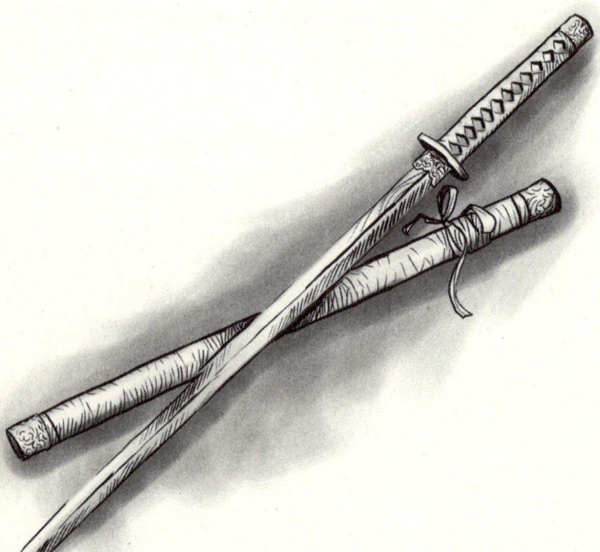

9. Kriegslist

Daimyō Oda und sein Heer galoppieren unter donnerndem Pferdegetrappel wie eine Sturmflut den Berghang herab.

Ich halte die *Shuriken* bereit, aber Furcht packt mein Herz mit kaltem Griff. Mir zittert die Hand. Doch dann blicke ich Cho an und erinnere mich an den Ratschlag des Großmeisters. Und schon fühle ich neue Kraft in mir aufsteigen.

Ich bin ein Ninja.

Ich muss meine Familie, meine Freunde und meinen Clan schützen, und wenn ich dafür mein eigenes Leben einsetzen muss.

Als die Frontreihe der Reiter zwischen den Bäumen hindurchstürmt, lösen die Pferde mit ihren Hufen die versteckten Fallen aus. Die langen Äste schnellen zurück und schleudern die Reiter aus den Sätteln. Der Ansturm verwandelt sich in ein Chaos, als die Pferde ohne ihre Reiter in alle Richtungen durchgehen.

Aber schon drängt die zweite Welle Reiter heran. Jetzt sind keine Stolperdrähte mehr übrig, sodass sie ohne Zwischenfall die Talsohle erreichen. Tenshin befiehlt unseren Bogenschützen, eine Salve von Brandpfeilen auf die Gegner abzuschießen.

Die Pfeile surren in weitem Bogen durch die Luft … aber kein einziger Samurai wird getroffen!

Ich stöhne auf vor Verzweiflung – bis mir klar wird, dass die Pfeile gar nicht für die Samurai

bestimmt waren, sondern für die Holzhaufen, die auf den Feldern aufgestapelt worden waren.

Die Stapel sind gut präpariert worden – mit Lampenöl und Schießpulver. Sie explodieren und verwandeln sich in tödliche Feuerbomben, die den Feind in ein Flammenmeer hüllen.

Unser Clan bricht in Jubel aus, als der Vorstoß der Samurai abrupt zum Stillstand kommt.

»Wir gewinnen die Schlacht!«, brülle ich und stoße die Faust in die Luft.

»Sie ist noch nicht vorbei«, sagt Cho warnend.

Sie deutet zu einer Stelle hinüber, an der Daimyō Oda seine Truppen neu formiert, um einen weiteren Angriff einzuleiten. Der neue Trupp reitet um die brennenden Holzstapel herum und stürmt nun auf der einzigen Straße heran, die in unser Dorf führt. Voller Furcht sehe ich, dass die Straße völlig frei ist und dem Angriff kein Hindernis mehr entgegensteht.

Doch dann verschwindet plötzlich der gesamte Trupp.

Wir hören Schmerzensschreie, Stöhnen. Die Reiter sind in vollem Galopp geradewegs in einen großen Graben gestürzt, der mit Zweigen und Herbstlaub getarnt gewesen war. Auf der Sohle des Grabens sind spitze Steine und Bambusspieße aufgestellt. Kein Samurai wusste, was dort unten auf ihn wartete, bis er auf dem Boden aufschlug!

Daimyō Oda bekommt einen Wutanfall, als er erkennt, dass bereits ein Drittel seiner Männer verloren ist. »EURE NINJA-TRICKS WERDET IHR NOCH BEREUEN!«, brüllt er.

Er dirigiert seine restlichen Truppen nach Süden und setzt sich selbst an die Spitze eines weiteren Angriffs, der über den Wassergraben erfolgt. Aber im tiefen Wasser kommen die Pferde nur langsam voran, während unsere Bogenschützen einen Pfeilhagel auf die Angreifer abschießen, um so viele Samurai wie möglich zu töten.

Aber ein Wassergraben kann ein Heer nicht aufhalten.

Bald erklettern die ersten Samurai die Böschung und stürmen in unser Dorf.

Jetzt beginnt der eigentliche Kampf zwischen uns Ninja und den Samurai.

»Angriff!«, brüllt Tenshin und stürmt voran, auf den Feind zu. Sein Schwert der Vernichtung schneidet durch die Reihen der Samurai, als seien sie nichts weiter als Origamifiguren.

Sensei Shima folgt Tenshin dichtauf. Auch sein

Schwert ist nur noch verschwommen zu sehen, so wild haut er nach rechts und links um sich. Die übrigen Clanmitglieder geben ihr Letztes, um unser Dorf zu verteidigen.

Renzo ist der erste von uns jungen Ninja, der sich in den Kampf stürzt. Unter seinem wild wirbelnden *Nunchaku* geht ein Samurai nach dem anderen zu Boden. So sehr ich Renzo auch verabscheue, muss ich doch seinen Mut bewundern. Die übrigen jungen Ninja lassen sich von seiner Tapferkeit anstecken. Sie heben die Waffen und stürmen in die Schlacht.

Cho und ich haben den Befehl, ein Stück hinter der Front in Stellung zu bleiben. Schon stürmt Daimyō Odas Heer über die Reisfelder heran und dringt ins Dorf ein. Chos zweischneidiges Schwert bedeutet, dass sie immer angreift, egal ob sie das Schwert in der einen oder in der anderen Richtung schwingt.

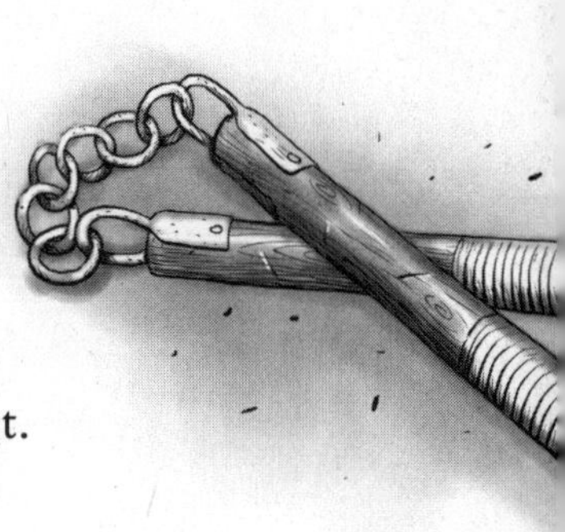

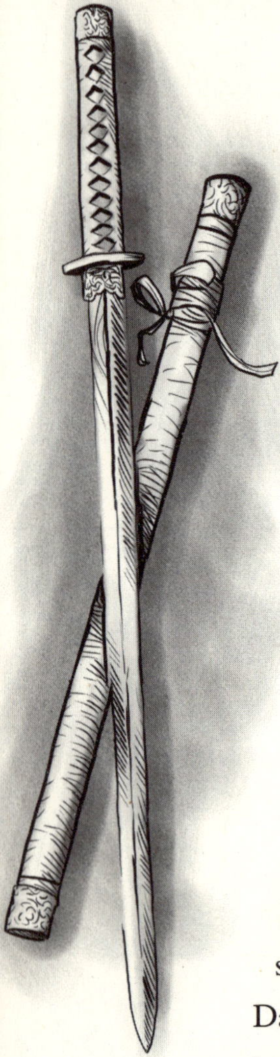

Ein Samurai stürzt sich auf mich und Cho streckt ihn mit einem blitzschnellen Schwerthieb zu Boden, bevor er mich auch nur erreicht.

»Danke«, keuche ich. »Du hast einen Samurai gut bei mir.«

Kurz danach stürzen sich zwei Angreifer gleichzeitig auf Cho. Da schleudere ich blitzschnell zwei *Shuriken* nach ihnen. Beide Sterne treffen die Samurai in der Kehle.

»Jetzt schulde ich dir einen«, sagt Cho, als ihre beiden Angreifer zu Boden gehen. Aus ihren Kehlen schießt Blut.

Dann entdecke ich einen Samurai mit einem gezackten Speer, der den Großmeister angreift.

»Passt auf!«, schreie ich, obwohl mir klar ist, dass ihn der Großmeister nicht sehen kann.

Aber der Großmeister ist sich immer aller Gefahren bewusst. Er schwingt den Stab gegen den Samurai. Aus dem hohlen Ende des Stabs schießt ein Giftpfeil, der den Mann am Hals trifft. Der Feind fällt tot zu Boden.

Doch schon greift ein weiterer Samurai den Großmeister mit dem Schwert an. Unser Meister stößt ihm die Stabspitze in die Schulter. Als der Mann aufschreit und die Waffe fallen lässt, versenkt der Großmeister die Schlangenkopffaust direkt in seiner Herzgrube. Der Samurai bricht zusammen – ein Opfer der Tödlichen Berührung.

Immer mehr Samurai greifen den blinden Großmeister an. Doch jeder Angreifer erleidet dasselbe Schicksal. Bald häufen sich die Feinde zu seinen Füßen.

Mir wird klar, dass der Großmeister sehr gut auf sich selbst aufpassen kann, und ich konzentriere mich auf meinen eigenen Kampf. Im Dorf wimmelt es jetzt von Samurai. Unser Clan ist in höchster Gefahr, überrannt zu werden.

Ich werfe einen *Shuriken* nach dem anderen und schalte so viele Feinde aus, wie ich nur kann. Aber als ich nach einem weiteren Stern am Gürtel lange, muss ich feststellen, dass ich nur noch diesen einen habe. Und immer noch greifen Hunderte Samurai an …

Ein Hilferuf dringt an mein Ohr. Rechts hat ein Gegner mit einer riesigen Kampfaxt Renzos *Nunchaku*-Kette gespalten und Renzo mit einem blitzschnellen Tritt zu Boden gestoßen. Renzo ist entwaffnet; er kann sich nicht mehr verteidigen. Im nächsten Augenblick wird ihn die Axt des Samurai in Stücke hacken.

Ohne eine Sekunde nachzudenken, schleudere ich meinen letzten *Shuriken*, um meinem Rivalen das Leben zu retten. Der Ninjastern bohrt sich in den Arm des Angreifers. Sein Griff um die Axt lockert sich, die Waffe fällt ihm aus der Hand. Aber das Gift wirkt zu langsam; der Samurai

zieht trotzdem das Schwert, um Renzo den Todesstoß zu versetzen.

Ich stürme hinüber und stürze mich mit einem Sprungtritt auf den Feind. Mein Fuß kracht dem Samurai mitten vor die Brust. Er taumelt zurück, stolpert über einen Gefallenen und stürzt rückwärts in die scharf gespitzten Zähne des Bambuszauns.

Renzo starrt geschockt zu mir auf.

»Brauchst dich nicht zu bedanken«, rufe ich, als ich herumwirble, um nach Cho zu schauen.

Aber Renzo springt auf und ruft mir nach: »Hab mich getäuscht. Du bist kein Feigling!«

Dann blickt er an mir vorbei und seine Augen werden schmal vor Wut. »Aber Cho ist einer.«

Ich blicke mich um. Und sehe meine Freundin, die aus der Schlacht flieht und versucht, in die Berge zu entkommen.

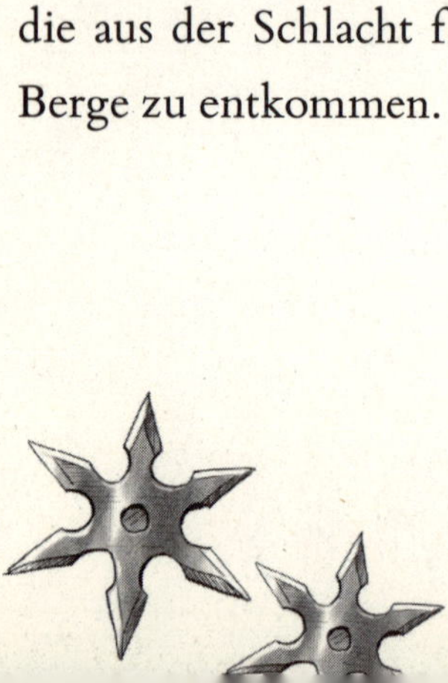

10. In der Falle

Ich kann nicht glauben, dass Cho weggelaufen sein soll. Wir haben uns Waffenbrüderschaft geschworen. Aber als ich mich umschaue, sehe ich, dass unsere Niederlage unvermeidlich ist.

Daimyō Odas Heer ist einfach zu stark für uns. Die Hälfte meines Clans ist bereits gefallen oder liegt verletzt auf dem Schlachtfeld.

Tenshin ruft allen noch lebenden Ninja zu, sich zum Dorfplatz zurückzuziehen.

Zusammen mit Renzo fliehe ich zu unserer letzten Rückzugsstellung. Doch ein Samurai ist uns dicht auf den Fersen, haut wild mit dem Schwert nach uns. Wir biegen in eine Gasse und springen über einen unserer Verteidigungsgräben. Der Samurai folgt uns, sieht aber den Graben nicht. Wir hören seine Schreie, als er hineinstürzt.

Renzo und ich sind die letzten Ninja, die es noch zum Dorfplatz schaffen. Tenshin und Sensei Shima warten, bis wir an ihnen vorbei sind, dann schließen sie das Tor mit den scharfen Bambusspießen.

Unter den Überlebenden entdecke ich meine Mutter und atme erleichtert auf. Wir sind in Sicherheit – aber nur für den Augenblick.

Daimyō Oda und seine Krieger umzingeln den Dorfplatz von allen Seiten. Die Samurai machen sich daran, die Häuser unserer Bauern in Brand zu stecken. Ich sehe sogar ein Feuer oben auf dem Gebirgskamm auflodern: der Tempel des Großmeisters geht in Flammen auf. Daimyō Oda will alles zerstören!

»Ihr hättet euch ergeben sollen, solange ihr noch die Chance hattet«, brüllt Oda zu uns herüber. »Jetzt werdet ihr alle sterben.«

Er gibt seinen Männern den Befehl zum Angriff. Mit ihren Äxten hacken sie den Bambuszaun in Stücke. Tenshin und die übrigen Ninja geben ihr Bestes, um die Angreifer abzuwehren. Aber die Samurai sind nicht mehr aufzuhalten. Sie brechen durch die Zäune und stürmen auf den Platz.

Sensei Shima wird sofort niedergemäht. Jun wird von fünf Samurai überwältigt und steht nicht mehr auf. Yoko kämpft so wild wie eine Löwin, wird aber schwer verwundet. Renzo greift nach einem zerbrochenen Speer und eilt ihr zu Hilfe.

Ich habe keine *Shuriken* mehr. Als mich ein Samurai attackiert, kann ich mich nur noch wehren, indem ich ihm Schlamm ins Gesicht schleudere. Kurzfristig sieht er nichts mehr, sodass ich ihn mit einem Fronttritt in den Magen zu Fall bringe und mit einem Hammerfaustschlag auf den Kopf nachsetze.

Doch dann sehe ich den Großmeister, der mit seinem zerbrochenen Stab gegen drei Samurai kämpft. Ich will mich zu ihm durchschlagen, um ihm beizustehen – doch plötzlich stehe ich Daimyō Oda gegenüber.

Er starrt mich an.

»Ich erkenne dich an den Augen, Ninja!«, faucht er mich an. »Du hast mir die Schriftrollen gestohlen!«

»Und ich erkenne dich an deiner hässlichen roten Narbe!«, schreie ich zurück.

Aus dem Augenwinkel sehe ich links von mir ein Schwert auf dem Boden liegen. Wenn ich Oda töten könnte, wäre die Schlacht sofort zu Ende – es wäre ungefähr so, als würde ich einer Schlange den Kopf abschlagen.

Oda folgt meinem Blick und grinst. »Du glaubst tatsächlich, dass du noch rechtzeitig an das Schwert kommst?«, versucht er mich zu reizen.

In diesem Augenblick wird mir noch etwas klar: Dies ist meine Chance, den Tod meines Vaters zu rächen. Ich werfe mich zur Seite, um das Schwert zu erreichen. Daimyō Oda springt vor, um mich in Stücke zu hacken … Aber mein Sprung war nur eine Finte.

Als Oda den Schlag ausführt, muss er seine Brustdeckung für einen Augenblick aufgeben. Ich schwinge zu ihm herum, springe vor und ramme ihm die Schlangenkopffaust direkt in die Brust über dem Herz.

Tödliche Berührung!

Aber Daimyō Oda fällt nicht tot um. Er lacht mich aus!

»Deine Ninja-Zaubertricks wirken bei mir nicht!«, sagt Oda triumphierend.

Ich starre den Samurai-Kriegsherrn geschockt an. Ich weiß, dass ich genau den richtigen Nervenpunkt getroffen habe, den mir der Großmeis-

ter gezeigt hat. Völlig ausgeschlossen, dass Oda einen solchen Schlag überstehen konnte. Ist er etwa unsterblich? Oder hatte ich den Todesstoß doch nicht richtig angewandt?

Oda sieht, wie verwirrt ich bin.

»Ich bin zum Überleben geboren«, verkündet er grinsend. »Mein Herz ist nämlich auf der anderen Seite!«

Er tippt sich auf die rechte Seite der Brust. Jetzt wird mir klar, warum die Tödliche Berührung bei ihm nicht wirkte. Bei ihm liegt der entscheidende Nervenpunkt genau gegenüber.

»Ich habe dir doch gesagt, dass ich mich rächen werde«, sagt er schadenfroh und stößt mit dem Schwert zu.

»NEIN! Nicht meinen Sohn!«, schreit meine Mutter und spring zwischen uns.

Doch Odas Schwert ist nicht mehr aufzuhalten. Es dringt meiner Mutter durch die Brust.

»Mutter!«, schreie ich entsetzt, als sie in meinen Armen zusammenbricht. Blut quillt ihr aus der Brust. Ich drücke sie fest an mich, um die Blutung aufzuhalten. »Bitte stirb nicht!«, flehe ich sie an.

»Taka … nicht weinen«, stöhnt sie. »Manchmal muss man einen hohen Preis zahlen … um jene zu schützen, die man liebt …«

Ihre Augen schließen sich; sie wird schlaff in meinen Armen.

»NEIN!«, schreie ich auf.

Daimyō Oda ragt über mir auf. Er starrt wortlos zu meiner toten Mutter herab.

Durch meine Tränen der Verzweiflung blicke ich zum Himmel und sehe dunkelrote Herbstblätter wie Blutstropfen zu Boden schweben.

Und dann fällt mein Blick auf einen Strom schwarzer Gestalten, die von den Bergen herabstürmen. Erst als ich die Tränen wegwische, sehe ich, dass es ein anderer Ninja-Clan ist. An ihrer Spitze läuft Cho – ich erkenne sie an ihrem zwei-

schneidigen Schwert, das in der Morgensonne funkelt.

Ein Samuraioffizier kommt herbeigelaufen.

»Daimyō Oda!«, ruft er drängend, wobei er aufgeregt und voller Furcht auf den heranstürmenden Ninja-Clan deutet. »Wir müssen uns zurückziehen!«

Aber Daimyō Oda rührt sich nicht. Seine Leibwache muss ihn förmlich mit sich ziehen, als die Ninja-Krieger in das Dorf stürmen und sich daranmachen, den Rest seines Heeres niederzumähen. Die übrig gebliebenen Samurai werfen ihre Waffen von sich und laufen um ihr Leben.

Als die letzten Samurai hinter dem Gebirgskamm verschwinden, steigt vom Dorf ein gewaltiger Siegesjubel zum Himmel.

Trotz der schier aussichtslosen Lage haben wir gesiegt.

Ich hänge so viele *Shuriken* an meinen Gürtel, wie ich auftreiben kann. In meinen Rucksack packe ich ein Seil, *Shuko*-Tigerkrallen, ein Messer, Kräuterarzneien meiner Mutter, einen Feuerstein und ein Stück Stahl, um Feuer schlagen zu können, Nahrung, einen Beutel Wasser und Ersatzkleidung.

Bevor ich zur Tür hinausgehe, lasse ich den Blick noch ein letztes Mal durch unser zerstörtes Haus gleiten. Mein Bett ist nur noch ein Haufen Trümmer. Die Küche wurde zerschlagen; der Herd, wo sonst immer ein warmes Feuer brannte, ist kalt und leer.

Seit meine Mutter tot ist, kommt mir dieses Haus nicht mehr wie mein Zuhause vor.

Es klopft an der Tür. Cho steht draußen – die Heldin der Schlacht. Sie allein hatte erkannt, was getan werden musste. Sie war auf den Berg zum Tempel des Großmeisters gelaufen, hatte das Notfeuersignal angezündet und damit den nächsten Ninja-Clan zu Hilfe gerufen.

»Bist du bereit zum Abmarsch?«, fragt Cho.

Wir mögen die Schlacht gewonnen haben, doch Tenshin ist zu dem Schluss gekommen, dass der Clan in ein neues, verstecktes Tal umsiedeln müsse, das noch tiefer im Gebirge liegt.

»Ich gehe nicht mit dem Clan«, antworte ich.

Cho reißt erstaunt die Augen auf.

»Ich muss Daimyō Oda finden.«

»*Was?*«, ruft sie entsetzt.

»Wenn ihn niemand aufhält, wird er mit einem noch größeren Heer zurückkehren. Er wird uns jagen, bis er unseren Clan völlig und für alle Zeiten vernichtet hat«, erkläre ich. »Ich habe vor, der Schlange den Kopf abzuschlagen.«

Cho starrt mich an, als sei ich verrückt geworden. »Hast du das schon dem Großmeister gesagt?«

Ich schüttle den Kopf.

»Das ist eine Todesmission. Du forderst das Schicksal heraus«, sagt sie aufgebracht. »Mit all seinen Leibwächtern hast du nicht die geringste Chance, ihm nahe genug zu kommen.«

»Ich bin ihm schon zwei Mal sehr nahe gekommen«, antworte ich. »Das werde ich auch ein drittes Mal schaffen.«

»Du ganz allein? Ausgeschlossen«, sagt sie. »Ich komme mit dir.«

»Nein!«, antworte ich, obwohl mich ihre Treue tief berührt. »Es ist zu gefährlich.«

Cho starrt mich mit hartem Blick an. »Wir haben uns Waffenbrüderschaft geschworen«, erinnert sie mich in scharfem Ton. »Du schützt meinen Rücken, ich schütze deinen. Und weil dieser Kampf noch nicht vorbei ist, gilt unser Bund weiterhin.«

Ich lächle sie an. »Du bist wirklich eine wahre Freundin«, sage ich. Mir ist klar, dass meine Erfolgsaussichten viel größer sind, wenn ich Cho an meiner Seite habe.

Aber gerade als wir aufbrechen wollen, erscheint Renzo an der Tür. »Ich habe zufällig mitangehört, was ihr beide plant. Ich will auch mitkommen.«

»Du? Warum?«, frage ich verblüfft und schaue ihn misstrauisch an. Was hat er vor?

Renzo senkt verlegen den Kopf. »Ich habe dir

mein Leben zu verdanken. Als Ninja-Bruder ist es meine Pflicht, dir zu helfen, so gut ich kann.«

Ich werfe Cho einen fragenden Blick zu. Sie zuckt die Schultern und grinst. »Warum nicht? Er kann mein Gepäck tragen.«

Obwohl Renzo mein Rivale ist, bewundere ich seine körperliche Stärke und seinen Mut. »Ist dir klar, dass wir vielleicht nicht mehr zurückkehren?«, frage ich ihn.

Renzo grinst. »Ich liebe gefährliche Missionen!«

Damit ist der Beschluss gefasst. Zum Zeichen unserer Kampfkameradschaft stoßen wir die Fäuste aneinander. Dann schleichen wir uns aus dem Dorf und in die Nacht hinaus.

Drei Ninja auf einer tödlichen Mission …

11. Der Todfeind

Ich steige den steilen Bergpfad hinauf; Cho und Renzo begleiten mich. Renzo ist schon sechzehn, ein großer Junge mit kahl geschorenem Schädel und Muskeln wie Seilstränge.

Wir haben den Bergkamm fast erreicht und sehen den Dorftempel vor uns. Da ertönt eine Stimme aus der Dunkelheit. »Wohin wollt ihr drei?«

Wir zucken zusammen und drehen uns um.

Der Großmeister unseres Ninja-Clans steht neben dem Pfad, ein alter Mann mit faltigem Gesicht und langem grauen Bart. Er starrt uns an, seine Augen sind so milchig-blass wie der Mond. Der Großmeister ist blind, aber er benutzt alle anderen Sinne, damit er die Welt um sich herum »sehen« kann.

Ich weiß, dass er jede Lüge sofort bemerken würde, daher antworte ich wahrheitsgemäß: »Zur Schwarzadlerburg.«

»Ich nehme an, ihr wollt Daimyō Oda ermorden?«, fragt er. Seiner Stimme ist anzuhören, dass er mit unserem tollkühnen Plan nicht einverstanden ist.

Mein Schweigen reicht ihm als Antwort.

»Und ich nehme auch an, dass ihr unseren Clanführer nicht informiert habt?«, fährt der Großmeister fort. »Denn Tenshin würde so einer Mission auf keinen Fall zustimmen.«

»Aber Daimyō Oda hat unser Dorf angegriffen und die Hälfte des Clans ausgelöscht!«, widerspreche ich heftig. »Wenn er nicht den Tod verdient hat, wer denn dann?«

Statt einer Antwort deutet der Großmeister zum Friedhof neben dem Tempel. In vier langen Reihen neuer Gräber liegen die toten Ninja, die am Tag zuvor bei der blutigen Schlacht um das

Dorf gefallen sind. In einem der frischen Erdhügel steckt noch ein Spaten.

Der Großmeister sagt in feierlichem, ernstem Ton: »Ein weiser Mann hat einmal gesagt: *Bevor du dich auf den Weg der Rache begibst, hebe zwei*

Gräber aus – eins für den Feind, das andere für dich selbst.«

»Aber wir werden nicht versagen«, antworte ich und gebe mir Mühe, zuversichtlicher zu klingen, als ich mich fühle.

Der Großmeister schüttelt traurig und enttäuscht den Kopf. »Du hast nicht verstanden, was ich dir sagen will, Taka. Rache kann die Wunden in deinem Herzen nicht heilen, genauso wenig, wie Salzwasser den Durst stillen kann.«

»Aber Daimyō Oda hat meinen Vater ermordet – und jetzt auch noch meine Mutter!«, rufe ich erregt. »Ich will nichts als Gerechtigkeit!«

»Deine Mutter Akemi hat sich schützend vor dich geworfen, damit du weiterlebst«, sagt der Großmeister. »Sie war eine Heilerin. Sie würde ganz bestimmt nicht wollen, dass du dein Leben für diese Rache aufs Spiel setzt.«

»Aber ich bin ein Ninja«, widerspreche ich ihm. »Ihr selbst habt mich zum Schwarzen Gürtel gemacht, Ihr selbst habt mir die Kunst der Tödlichen

Berührung beigebracht! Warum lehrt Ihr mich diese Dinge, wenn Ihr dann doch nicht wollt, dass ich zum Kämpfer werde?«

»Ich habe dir beigebracht, Spion zu sein und dich selbst zu verteidigen, aber nicht, ein kaltblütiger Killer zu werden«, antwortet der Großmeister streng. Er richtet die blinden Augen auf uns, einen nach dem anderen. »Keiner von euch hat die Ausbildung bereits abgeschlossen. Ihr wisst kaum etwas von der Welt draußen, außerhalb dieses Tals.«

»Das mag schon sein, aber zusammen sind wir stark«, wendet Renzo ein und legt Cho und mir die muskulösen Arme um die Schultern.

»Und wir haben Kampfbrüderschaft geschlossen«, fügt Cho hinzu. Sie ballt die Faust und schlägt sie gegen meine Faust.

Der Großmeister seufzt. »Ich nehme an, um das Licht zu sehen, müsst ihr euch zuerst in die Dunkelheit wagen. Und ich spüre, dass ich euch von diesem Pfad nicht abbringen kann. Eine

Kampfbrüderschaft darf man nicht brechen. Wartet hier.«

Der Großmeister hinkt in den Tempel. Offensichtlich bereiten ihm die Wunden immer noch große Schmerzen, die er gestern bei der Schlacht erlitten hat.

Kurze Zeit später kehrt er zurück. Er hält einen kleinen Beutel und einen kurzen Bambusstab in der Hand, außerdem eine Kette mit schweren Gewichten an beiden Enden.

»Cho, das ist für dich«, sagt der Großmeister und gibt ihr den Bambusstab sowie mehrere gefiederte Pfeile. »Dein Name bedeutet *Schmetterling*, aber das hier hilft dir, wie eine Wespe stechen zu können.«

»Ein Blasrohr!« Cho strahlt übers ganze Gesicht, als sie den Bambus von allen Seiten betrachtet.

»Das ist kein Spielzeug!«, warnt sie der Großmeister. »Sei sehr vorsichtig mit den Pfeilen – ihre Spitzen sind vergiftet und können einen Mann auf der Stelle ausschalten.«

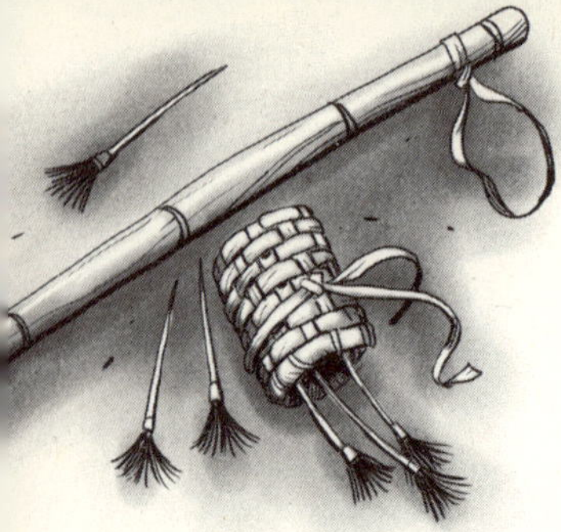

Cho verneigt sich dankend. Sie packt das Blasrohr und die Pfeile in ihren Rucksack, in dem bereits ihr zweischneidiges Schwert steckt.

Die Kette übergibt der Großmeister Renzo. »Dieses *Manriki Gusari* ist aus Stahl. Die Waffe ist so stark wie du selbst«, erklärt er ihm. »Benutze sie, um deine Freunde zu beschützen.«

»Eine *Kette der Zehntausend Möglichkeiten*«!, ruft Renzo begeistert. Er lässt ein Ende der Kette in der Luft kreisen, die beim Herumschwingen lossummt wie eine gereizte Wespe. »So eine wollte ich schon immer haben!«

Schließlich wendet sich der Großmeister an mich. »Da du blind für meine Weisheit bist, Taka, gebe ich dir dies: Damit kannst du deinen Feind kampfunfähig machen.«

»Ich danke Euch«, antworte ich respektvoll und nehme den kleinen Beutel entgegen, in dem sich ein Pulver befindet, das einen Gegner sofort blind werden lässt. Ich befestige den Beutel an meinem Gürtel.

»Ihr dürft nicht glauben, dass diese Geschenke bedeuten, dass ich eure Mission billige oder segne«, fährt der Großmeister fort. »Ihr werdet mehr als meine guten Wünsche brauchen, wenn ihr die Sache überleben wollt.«

Für einen kurzen Augenblick kommen mir Zweifel an meinem Entschluss, Daimyō Oda zu töten. Doch dann sehe ich wieder das Schwert des Samurai auf meine Mutter niedergehen, sehe sie sterben und weiß, dass ich keine andere Wahl habe.

Zum Abschied verbeuge ich mich vor dem Großmeister und mache mich mit Cho und Renzo auf den Weg ins Gebirge.

Doch bevor wir hinter dem Hügelkamm verschwinden, ruft uns der Großmeister zu: »Ich warte hier und bete, dass ihr gesund zurückkehrt. Denkt immer an das Motto unseres Clans: *Im Verborgenen sei still wie ein Schatten. Kommst du hervor, schlage zu wie ein Blitz!*«

Drei Monate später

Ich spähe über eine Schneeverwehung. Zwischen zwei Bäumen hindurch entdecke ich Daimyō Oda, den Kriegsherrn der Samurai.

Ich heiße Taka und bin ein Ninja – und dieser Mann dort drüben mit der leuchtend roten Narbe auf der rechten Wange ist mein Todfeind.

Daimyō Oda sitzt in einer mit dicken Wolldecken ausgeschlagenen Sänfte, die von vier Männern getragen wird. Die Träger kämpfen sich mit ihrer schweren Last durch den Schnee, aber Oda treibt sie weiter an, er hat es offenbar eilig, zum Tor seiner Schwarzadlerburg zu kommen. Die Wintersonne geht bereits hinter den Bergen unter; die Träger wirken nervös, obwohl die Sänfte und sie von einer Samurai-Eskorte beschützt werden.

Die Leibwache marschiert dem kleinen Zug voraus – zehn Krieger, auf deren Brust das

Zeichen des Schwarzen Adlers prangt. Ihnen folgt dichtauf ein Trupp von schwer bewaffneten Samurai in blutroter Rüstung. Sie tragen ein anderes Zeichen auf der Brust – einen brüllenden Tigerkopf. Es ist das Zeichen von Shōgun Kujo, dem Regenten Japans.

Mit diesen Samurai habe ich hier nicht gerechnet. Dass sie überhaupt hier sind, muss uns Ninja größte Sorgen bereiten. Aber im Augenblick interessiert mich nur eins: mit eigenen Augen zu sehen, dass Daimyō Oda endlich wieder in seine Schwarzadlerburg zurückgekehrt ist. Drei Monate lang habe ich gewartet und hier auf der Lauer gelegen; jetzt ist die Zeit gekommen, meine ermordeten Eltern zu rächen.

Gerade als ich mich in Bewegung setzen will, höre ich Stimmen.

»Es ist so affenkalt, dass mir die Augenlider festfrieren!«, klagt eine Männerstimme.

»Hör endlich auf zu jammern, Genzo«, brummt ein anderer Mann.

Sofort zuckt mein Blick nach rechts: eine Patrouille, vier Samurai, stapft durch den Wald daher. Ich trage meinen Gi, den vollkommen weißen Ninja-Tarnanzug, der nur bei Einsätzen im Schnee getragen wird, weshalb mich die Patrouille noch nicht entdeckt hat ... aber sie kommt direkt auf mich zu.

»Wozu müssen wir auch so weit von der Burg entfernt patrouillieren?«, jammert Genzo weiter. Er ist dünn wie eine Bohnenstange und hat die Arme gegen die Kälte eng um sich geschlungen.

Auch der Anführer zittert, versucht aber, es nicht zu zeigen. »Nachdem unser Herr wieder zurück ist, befürchtet sein Ratgeber Kenji einen Racheangriff der Ninja. Deshalb haben wir erhöhte Alarmstufe. Verteilt euch!«

Die Gruppe spaltet sich auf, sodass die Krieger nun in breiter Formation durch den Wald marschieren. Genzo muss um einen großen, verschneiten Felsbrocken herumgehen – aber der Umweg führt ihn direkt an meinem Versteck vorbei.

Wenn er noch näher kommt, wird er mich unweigerlich entdecken.

Ich fasse schnell in meine Tasche und hole einen *Shuriken* heraus. Ich halte den Wurfstern so, dass die blank geschliffenen scharfen Kanten nicht verräterisch aufblitzen.

Ein Tannenzapfen fällt direkt neben meinem Kopf in den Schnee.

Ich blicke hinauf. Meine Freundin Cho lauert im Baum über mir. Sie ist eine *Kunoichi*, eine weibliche Ninja. Sie hat ihr langes schwarzes Haar sorgfältig unter die weiße Kapuze gesteckt und ist mitten im verschneiten Geäst praktisch unsichtbar. Sie hat den *Shuriken* in meiner Hand bemerkt und schüttelt den Kopf.

Nicht angreifen, warnt sie mich mit strengem Blick.

Aber Genzo ist schon so nahe, dass ich sogar den Dreck unter seinen Zehennägeln sehen kann. Noch ein Schritt und er wird direkt über mich stolpern.

Der *Shuriken* liegt wurfbereit in meiner Hand. Im nächsten Augenblick werde ich aufspringen. Nichts und niemand wird mich von meiner Mission abhalten.

12. Der Auftrag

Der Samurai Genzo bleibt vor der Schneeverwehung stehen und blickt sich aufmerksam im stillen Wald um.

Ich spanne sprungbereit die Muskeln, aber im selben Augenblick schießen mir die Worte des Großmeisters durch den Kopf, die er mir vor drei Monaten mit auf den Weg gegeben hat: *Kommst du hervor, schlage zu wie ein Blitz …*

»Wir vergeuden nur unsere Zeit«, murmelt

Genzo missmutig vor sich hin. »Hier draußen ist doch keiner.«

Der Patrouillenführer stampft mit den Füßen, um sich zu wärmen, während er sich umblickt. »Du hast recht«, sagt er. »Und es wird auch bald dunkel. Selbst wenn ein Ninja verrückt genug ist, sich hier draußen zu verstecken, wird er über Nacht erfrieren.«

Die Patrouille macht kehrt und marschiert zur Burg zurück.

Erst als ich absolut sicher bin, dass die Samurai verschwunden sind, steige ich aus der Schneeverwehung. Cho springt von ihrem Versteck im Baum herab.

»Was hast du dir nur gedacht?«, flüstert sie vorwurfsvoll. »Hättest du den Samurai angegriffen, wäre uns keine Wahl geblieben, als sie alle zu töten. Und wenn eine ganze Patrouille verschwindet, merkt Daimyō Oda sofort, dass wir hier draußen sind.«

Natürlich hat Cho recht. Aber nachdem wir so

lange auf die Rückkehr meines Feindes gewartet haben, kann ich meine Ungeduld kaum noch bezähmen, endlich meine Mission auszuführen.

»Er ist mir zu nahe gekommen«, versuche ich mich herauszureden.

»*Dir* – zu nahe?«, fragt ein verschneiter Felsbrocken neben einem Baum. »Der Bursche ist fast über mich gestolpert!«

Der Felsbrocken schüttelt sich und Renzo steht aus dem Schnee auf, der in großen Klumpen von seinem breiten Rücken fällt.

Eine der Geheimkünste eines Ninja ist es, sich unsichtbar machen zu können. Wie uns der Großmeister einmal erklärte, ist es nicht dasselbe, wie zu verschwinden. Es bedeutet vielmehr, direkt vor den Augen des Feindes unsichtbar zu bleiben. Man kann auf einen Baum steigen, denn Menschen blicken selten nach oben. Oder man kann sich auf freiem Feld als Vogelscheuche aufstellen. Oder sich als Samurai verkleiden, als Mönch oder sogar als Geisha. Und man kann sich so tarnen, dass man mit der Umgebung verschmilzt, oder eine andere Gestalt annehmen, wie Renzo es getan hat.

»Dieser Samurai hätte nicht einmal einen Affen mit rosa Arsch und Kimono bemerkt«, sagt Cho verächtlich. »Der war halb erfroren und wollte so schnell wie möglich zurück ans warme Feuer.«

»Egal, es ist ja nichts passiert«, sagt Renzo und klopft mir freundschaftlich auf den Rücken. »Noch nicht jedenfalls«, fügt er hinzu und wirft einen Blick in Richtung Burg.

Renzo war früher mein Erzrivale im Clan. Aber nachdem ich ihm in der Schlacht das Leben gerettet hatte, hatte er sich freiwillig bereit erklärt, mich und Cho bei dieser Mission zu begleiten. Cho ist darüber nicht besonders glücklich – sie traut ihm nicht, und vermutlich sollte auch ich es nicht tun.

»Gehen wir«, sagt Cho. »Wir müssen in unserer Stellung sein, bevor die Nacht anbricht.«

Wir wollen eine Felswand hinaufsteigen, weil

man von dort oben die Schwarzadlerburg gut überblicken kann. Das war der Weg, den Cho und ich bei unserer ersten Mission einschlugen, als wir uns in die Burg schlichen, um unsere Ninja-Schriftrollen zurückzuholen.

Aber wir müssen feststellen, dass es dieses Mal ein Problem gibt.

Nachdem Daimyō Oda von seiner Reise zurückgekehrt ist, wurden die Wachposten rund um die Burg verdoppelt. Und deshalb stehen jetzt auch Samurai-Krieger am Fuß der Felswand.

»Vielleicht sollten wir ein paar Tage abwarten, bis ihre Wachsamkeit nachlässt?«, schlägt Cho vor.

»Nein«, antwortet Renzo sofort. »Wir sollten uns hineinschleichen, bevor sie sich wieder richtig eingerichtet haben.«

Cho schaut ihn verärgert an. »Aber als wir unseren Plan schmiedeten, konnten wir nicht ahnen, dass Daimyō Oda einen zusätzlichen Trupp von Samurai des Shōgun mitbringt!«

»Das ist umso mehr ein Grund, *jetzt* hineinzuschleichen, solange sich die neuen Soldaten in der Burg noch nicht auskennen!«, gibt Renzo zurück.

Cho will ihm gerade widersprechen, aber ich hebe die Hand und unterbreche die Auseinandersetzung. Seit drei Monaten streiten sich die beiden über alles, egal ob es um Waffen, Nahrung oder Taktik geht.

»Ihr habt alle beide recht!«, erkläre ich ihnen. »Aber wir haben jetzt lange genug gewartet. Heute Nacht töten wir Daimyō Oda.«

Wir gehen hinter den Bäumen am Fluss in Deckung, bis eine weitere Samurai-Patrouille vorbeimarschiert ist. Weil unten am Fuß der Felswand Wachen stehen, mussten wir unseren Plan ändern und schleichen uns nun vorsichtig durch das Tal zur Burg. Dieser Weg ist gefährlich, weil man von der Burg aus das Tal gut überblicken kann und wir außerdem ungeschützt den Fluss überqueren müssen. Aber es bleibt uns keine andere Wahl.

Bevor wir uns wieder aus dem Wald wagen, binden wir hölzerne Tierspur-Sohlen an unsere *Tabi*-Stiefel.

»Bereit?«, frage ich.

Cho und Renzo nicken.

Kaum ist die Patrouille außer Sicht, als wir auch schon über den ungeschützten Talabschnitt rennen.

Ich werfe einen verstohlenen Blick zurück auf unsere Fußspuren im Schnee. Kein Samurai wird erraten können, dass wir hier durch den Schnee gestapft sind. Während der langen Monate des Wartens auf Daimyō Odas Rückkehr hat Cho drei Paar *Ashiaro* geschnitzt – hölzerne Fußspuren von Tieren. Mit diesen Schnitzereien an den Füßen lassen wir die Abdrücke von Tieren zurück – von einem Fuchs, einem Reh und einem Hund.

Die eiskalte Nachtluft dringt mir bis tief in die Lungen, als wir zum Rand der Schlucht rennen.

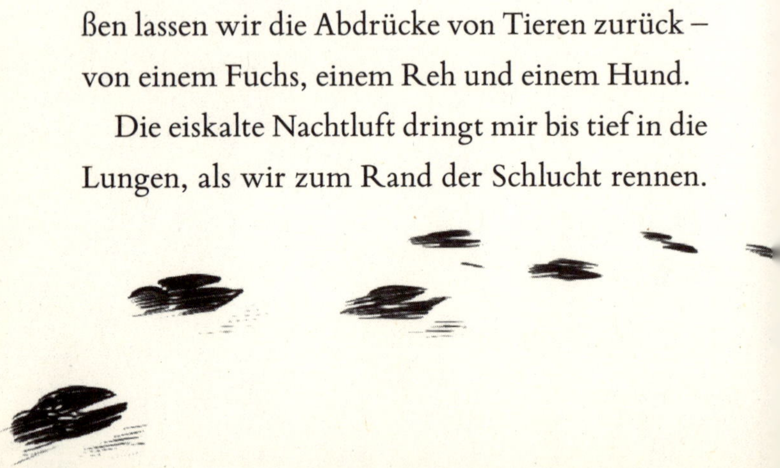

In der Ferne kann ich undeutlich die Umrisse der Wärter auf den Burgzinnen ausmachen. Aber in der mondlosen Nacht und in unseren weißen *Gi* sind wir für sie im Schnee nicht zu sehen.

Wir kommen am Rand der Schlucht an, ohne entdeckt worden zu sein. Die Zugbrücke ist hochgezogen.

Damit hatten wir gerechnet. Wir nehmen die *Ashiaro* ab und klettern die Felswand zur Talsohle hinunter.

Die Steine sind kalt und glitschig. Schon nach wenigen Sekunden sind meine Finger taub. Ich klammere mich an den Fels, so gut ich kann, obwohl ich die Ritzen und Spalten kaum noch fühlen kann. Eine falsche Bewegung, und ich stürze in den Tod.

Endlich berühren meine Füße das Flussufer. Ich atme erleichtert auf.

Auf der Talsohle entdecken wir, dass das Glück auf unserer Seite steht. Der Fluss ist vollständig zugefroren.

Ich werfe einen Stein auf die frische, weiß schimmernde Eisfläche. Der Stein hüpft und schlittert darüber. Nun prüfe ich seine Tragfähigkeit mit dem Fuß. Das Eis hält und scheint dick genug zu sein … jedenfalls in Ufernähe.

Cho ist bereit, als Erste zu gehen. Sie entschwindet ohne Probleme über das Eis.

Ich folge ihr, wobei ich die Füße nicht vom Eis nehme, sondern darübergleite, um das Gleichgewicht nicht zu verlieren.

Doch in der Flussmitte beginnt es unter mei-

nen Füßen verdächtig zu knirschen und zu knacken. Ein dünner Riss erscheint auf der Oberfläche.

Ich bewege mich schneller und bete, dass ich noch rechtzeitig hinüberkomme. Mit einem letzten Spurt erreiche ich die andere Seite.

Jetzt ist Renzo an der Reihe. Vorsichtig setzt er einen Fuß auf das Eis, dann den anderen. Mit nervösen Schritten beginnt er den Fluss zu überqueren. Alles geht gut … doch dann hören wir ein lautes *KNACK!*

Renzo reißt voller Angst die Augen auf. Die Risse zucken rasend schnell über die gesamte Eisfläche, verbreiten sich wie ein Spinnennetz. Renzo läuft immer schneller, beginnt zu rennen … Cho und ich signalisieren ihm aufgeregt, noch schneller zu werden.

Dann bricht sein Fuß durch das Eis. Er stürzt, kann sich aber im Fallen noch nach vorn werfen, sodass er die letzten Ellen bis zum Ufer über das Eis rutscht und wie ein Seehund auf das Ufer gleitet.

»Erster Preis für den Laufstil«, grinst Cho.

Renzo wirft ihr einen wütenden Blick zu und schüttelt das Wasser vom Bein. »Taka hat das Eis geschwächt, sonst hätte ich keine Probleme gehabt«, brummt er.

»Hoffen wir, dass niemand das Knacken gehört hat«, sage ich.

Ich blicke zum Rand der Schlucht hinauf und suche nach Samurai, aber als ich keinen Wächter entdecke, machen wir uns an den Aufstieg. Oben angekommen, schnallen wir die *Ashiaro* wieder an die Stiefel und laufen schnell zur Burgmauer hinüber.

Bisher ist alles gut gegangen.

Wir halten uns im Schatten der Burgmauern. Vorsichtig schleichen wir am Fuß der Mauern entlang zu der Stelle, die wir uns als Aufstiegspunkt ausgesucht haben. Die Tore sind schwer bewacht und auf den Zinnen wimmelt es förmlich von Samurai, aber vor einem Monat hat Cho am Ostturm eine Reihe von Steinwurfscharten in der Mauer entdeckt.

»Das ist unser Eintrittspunkt«, flüstert sie und deutet nach oben. »Die Löcher sind mit Luken verschlossen, aber die können wir aufhacken …«

»Pass auf!«, zischt Renzo und reißt Cho am Arm zurück.

Cho und ich blicken auf den Boden. Die bösartigen Spitzen einer Falle ragen aus der Schneedecke.

Cho schüttelt Renzos Hand ab.

»Keine Angst – ich habe die Falle gesehen«, sagt sie lässig und geht darum herum.

Aber das ist ein großer Fehler. Mit dem nächsten Schritt löst sie eine zweite Falle aus.

Die Stahlklammern der Falle schlagen um Chos Bein zusammen. Sie reißt voller Schock und Schmerz die Augen auf, aber sie schreit nicht. Stattdessen beißt sie sich hart in die Hand und lässt nur ein leises Wimmern hören. Trotz der Schmerzen ist ihr klar, dass schon beim geringsten Laut die Wachen herbeistürmen würden.

Ich knie vor ihr nieder und versuche, die Stahlklammern auseinanderzuzerren. Aber sie geben nicht nach. Blut strömt aus den Wunden, die die Zähne der Falle in ihr Bein geschlagen haben.

Auch Renzo packt nun mit an. Vor Anstrengung knirscht er mit den Zähnen, aber auch für ihn ist die Klammer zu stark und es gelingt ihm nicht, Chos Bein zu befreien.

Cho wird fast ohnmächtig vor Schmerzen.

Renzo spannt die Muskeln ein letztes Mal an, mit äußerster, fast übermenschlicher Kraft versucht er, sie zu befreien. Und tatsächlich gibt die Falle ein wenig nach … dann noch ein wenig.

Kaum sind die scharfen Zähne weit genug auseinander, als ich auch schon Chos Bein herausziehe. Renzo, erschöpft, lässt los, und mit einem harten *KLACK!* schlagen die Klammern wie die Kiefer eines gierigen Hais wieder zusammen.

Cho liegt erschöpft im Schnee. »Da …danke, Renzo«, stöhnt sie.

»Gern geschehen«, antwortet er. »Aber du schuldest mir jetzt was.«

Ich hole schnell die Arzneitasche meiner Mutter aus dem Rucksack und bedecke Chos Wunden mit einer dicken Schicht grünlicher Paste.

»Sie stillt die Blutung und wirkt auch schmerzlindernd«, erkläre ich Cho.

Sie nickt nur. Ich verbinde ihr Bein mit einer weißen Mullbinde.

Währenddessen hält Renzo Ausschau nach den Wärtern. »Ich denke, wir sollten die Mission abbrechen«, sagt er.

»Nein!«, stößt Cho keuchend hervor. »Es gibt jetzt kein Zurück mehr.«

»Aber du bist verwundet«, sage ich. »Ich lasse dich nicht hier zurück.«

»Und ich hab keine Lust, dich auf dem Rücken zu tragen«, knurrt Renzo.

»Brauchst du auch nicht!«, gibt Cho scharf zurück. Sie kämpft sich auf die Füße und versucht, das verletzte Bein zu belasten. »Akemis Salbe wirkt bereits.«

Ich überprüfe noch einmal den Verband. »Bist du sicher, dass du weitergehen kannst?«

Cho nickt. »Nur muss Renzo meinen Wurfhaken werfen.«

Ich schaue ihr ernst in die Augen. »Ich habe bereits meine Mutter verloren«, flüstere ich. »Ich will dich nicht auch noch verlieren.«

Sie ballt die Faust und hält sie mir vors Gesicht. »Wir haben uns Kampfbrüderschaft geschworen, schon vergessen? Ich bin dabei, bis zum Ende!«

Wir stoßen die Fäuste zusammen. »Du bist eine echte Ninja«, sage ich.

Renzo wirft Chos Wurfhaken am Turm hoch. Das Eisen verkeilt sich oben an den Zinnen und Renzo prüft, ob das Seil sein Gewicht trägt. »Alles klar«, meldet er. »Wir können hochsteigen.«

Ich schiebe frischen Schnee über die Blutspuren. Niemand soll bemerken, dass wir hier waren … und der Falle entkommen sind.

Vorsichtig steigen wir an der Burgmauer hinauf, eine Hand über die andere setzend. Trotz ihrer Beinverletzung zieht sich Cho so leicht wie eine Spinne am Seil hoch. Renzo und ich tragen *Shuko*-Handkrallen, mit denen wir direkt an der Mauer hinaufsteigen können.

Wir kommen bei den ersten Wurfscharten an. Ich nehme mein Messer heraus und schneide die Lederriemen durch, mit denen die Holzläden davor befestigt sind. Vorsichtig spähe ich durch die offene Scharte. Ich sehe einen Wachraum. Ein Feuer lodert im Kamin. Neben dem Feuer liegen ein großer Haufen Steine und kleine Felsbrocken, die bei einem Angriff aus der Schießscharte geworfen werden können.

Der Raum scheint jedoch leer zu sein.

Leise steige ich durch die Öffnung, dicht gefolgt von Cho und Renzo. Wir schleichen zur Tür an der gegenüberliegenden Wand. Aber als wir an dem Steinhaufen vorbeischlängeln wollen, stolpern wir beinahe über einen Samurai-Wächter.

13. Kampf auf Leben und Tod

Der Samurai ist neben dem Feuer eingeschlafen. Ich werfe Cho und Renzo einen unsicheren Blick zu. Der Wärter ist riesig. Er trägt einen buschigen Bart und wirkt brutal und primitiv. Aber seine Augen bleiben geschlossen.

Wir schleichen weiter. Nur das Feuer knackt und knistert.

Cho ist fast an der Tür, als ich plötzlich von hinten gepackt und herumgeschleudert werde

Ich krache kopfvoran auf den Steinhaufen. Der Aufprall ist so hart, dass ich wie betäubt liegen bleibe. Ich muss ohnmächtig zusehen, wie der Wärter ausholt und seine gewaltige Faust gegen Renzo schwingt.

Renzo kann sich gerade noch wegducken und versetzt dem Samurai einen brutalen Fausthieb in den Magen. Der Schlag würde normalerweise einen Ochsen zu Fall bringen, aber der Samurai scheint ihn nicht einmal zu spüren. Renzo setzt mit einem Aufwärtshaken Richtung Kinn nach. Der Samurai lacht nur.

»Bei mir musst du schon ein bisschen härter zuschlagen, kleiner Ninja«, spottet er.

Dann packt er Renzo an der Kehle und hebt ihn in die Höhe. Renzo wehrt sich gegen den Würgegriff, der ihn schon in wenigen Augenblicken das Leben kosten wird.

Dann, ohne jede Vorwarnung, bricht der riesige Samurai in die Knie und stürzt zu Boden.

Cho steht hinter ihm, das Blasrohr in der

Hand. »Was hat der Großmeister mal gesagt? Warum einen Tunnel durch den Berg graben, wenn man leicht darüber hinwegsteigen kann?«

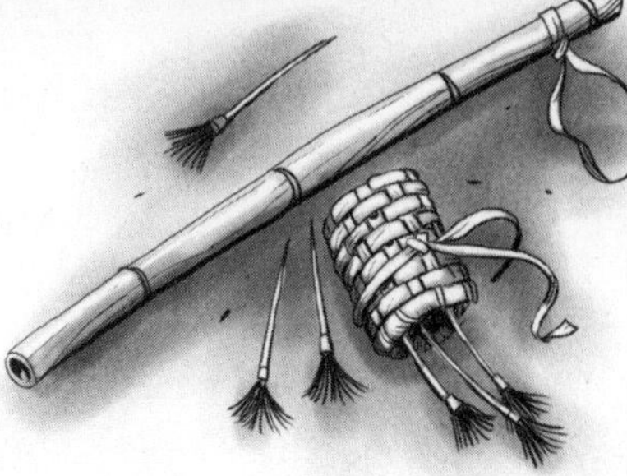

Renzo reibt sich die Kehle. »Danke, Cho.«

»Jetzt sind wir quitt«, antwortet sie nur.

Ich komme mühsam auf die Füße. Mein Kopf pocht vor Schmerz, den der Aufprall verursacht hat, und ich schwanke ein wenig, als ich zu Renzo und Cho hinübergehe. Zusammen ziehen wir den Samurai hinter den Steinhaufen, sodass er nicht mehr zu sehen ist. Er ist immer noch bewusstlos. Dann schleichen wir in den Flur hinaus. Eine Treppe führt in den äußeren Burghof.

Schwere Schritte nähern sich – der rhythmische Schritt einer Patrouille. Wir können gerade noch im Durchgang zu einem Vorratsschuppen in Deckung gehen, als auch schon ein kleiner Trupp vorbeikommt. Die Soldaten gehören zu den Samurai des Shōgun und marschieren durch das Burgtor, ohne die beiden Wärter auch nur eines Blickes zu würdigen, die ihnen das Tor öffnen.

Kaum ist die Patrouille verschwunden, als auch schon einer der Torwärter zu schimpfen anfängt. »Für wen halten sich diese Burschen eigentlich? Marschieren in der Burg herum, als ob sie ihnen gehört!«

Der andere Wärter schüttelt angewidert den Kopf. »Was vielleicht schon bald der Fall ist. Ich hab gehört, der Shōgun schickt sein gesamtes Heer – die Ninja sollen ein für alle Mal vernichtet werden.«

»Gut«, sagt der erste Wächter grinsend. »Höchste Zeit, dass wir diesen Abschaum loswerden. Die Ninja machen doch nichts als Probleme.«

Als Renzo das hört, greift er nach seiner *Manriki*-Kette. Ich kann ihn gerade noch davon abhalten, die Waffe gegen die Wächter zu schwingen.

»List statt Kraft«, flüstere ich ihm zu.

Ich hebe einen Kieselstein auf und werfe ihn auf die andere Seite des Hofs. Er prallt gegen eine Mauer und rollt klappernd eine Treppe hinunter.

»Hast du das gehört?«, fragt der erste Wärter und späht angestrengt in die Dunkelheit.

Der andere nickt. »Wird wohl besser sein, wenn wir nachschauen«, seufzt er. »Kenji hat uns befohlen, noch wachsamer zu sein als sonst.«

Sie verlassen ihren Posten – und wir sprinten quer über den Hof zum Eingang. Cho versucht, das Tor zu öffnen, aber es ist verriegelt. Ich nehme meinen kleinsten *Shuriken* heraus und versuche, das Schloss mit dem dünnsten Dorn zu knacken.

»Beeil dich«, flüstert Cho. »Ich höre sie zurückkommen.«

Schon höre ich ihre Schritte im Schnee knirschen.

In der Hast fällt mir der *Shuriken* aus der Hand. Als ich im Schnee danach taste,

versucht nun auch Renzo, das Tor zu öffnen. Er versetzt ihm einen kräftigen Stoß – und tatsächlich springt das Schloss auf.

Renzo grinst. »Ganz ohne Kraft geht es eben doch nicht!«

Wir jagen durch das Tor und schließen es hinter uns. Der Hauptturm der Schwarzadlerburg ragt drohend über uns in den Nachthimmel, als wir quer durch den inneren Burghof rennen. Cho und ich kennen uns hier schon ein wenig aus – von unserer letzten Mission wissen wir, dass sich Daimyō Odas Gemächer im zweiten Stock befinden.

Renzo bleibt an einer hohen Mauer stehen, lehnt sich dagegen und faltet die Hände zu einer Räuberleiter. Ich stelle einen Fuß hinein und er schleudert mich hoch. Nach einem Überschlag in der Luft lande ich weich in einem Garten auf der anderen Seite. Ich sehe einen Teich, umgeben von steinernen Laternen, Büschen und einem Kirschblütenbaum.

Schon landet Cho neben mir, stöhnt dabei aber unwillkürlich auf vor Schmerzen. Ich sehe, dass ihr Verband blutdurchtränkt ist.

»Geht es noch?«, frage ich flüsternd.

»Alles in Ordnung«, antwortet Cho. Sie beißt die Lippen zusammen und hinkt durch den schneebedeckten Garten zum Turm hinüber.

Gerade als ich ihr folgen will, betritt ein kleiner, kahler Mann mit rundem Bauch den Garten. Cho geht blitzschnell hinter einem Gebüsch in Deckung, aber ich bin völlig ungedeckt.

Ich erstarre. Ich wage nicht einmal zu blinzeln.

Als der Mann langsam den Pfad entlang auf mich zukommt, erkenne ich ihn: Kenji, einer von Odas Ratgebern. Mit seinen kurzsichtigen Augen blickt er mich direkt an, blinzelt erstaunt … und lächelt.

»Ah! Der Gärtner hat einen Schneemann gebaut!«, kichert er. »Aber er braucht noch eine Nase.«

Doch als sich Kenji bückt, um einen Stein vom Pfad aufzuheben, fällt sein Blick auf einen Blutfleck im Schnee. Seine Augen folgen der roten Spur zu dem Gebüsch.

Plötzlich erkennt Kenji die Gefahr und will einen Warnruf ausstoßen: »NIN- «

Aber ein Pfeil dringt in seinen Nacken und das Wort erstirbt ihm auf den Lippen. Kenji bricht zusammen und fällt mit dem Gesicht nach vorn in den Schnee.

Renzo landet neben mir, so leise wie ein Leopard.

»Das nenne ich Verbergen in aller Öffentlichkeit«, flüstert er lachend.

Ich nicke. »Ich glaube, nicht einmal der Großmeister wird das glauben!«

Renzo hilft mir, Kenji hinter den Kirschblütenbaum zu schleppen und ihn dort zu verstecken. Dann versetzt er dem Baumstamm einen harten Tritt, sodass Daimyō Odas Ratgeber von einem Schneeschauer zugedeckt wird.

»Träum süß, Samurai«, lacht Renzo.

Cho kommt aus dem Gebüsch gehumpelt, das Blasrohr in der Hand. Während Renzo ihre Blutspur mit Schnee zudeckt, lege ich ihr einen neuen Verband um das Bein. Sie wirft einen Blick zu dem Schneehaufen unter dem Baum.

»Wir sollten uns beeilen«, sagt sie. »Wird wohl nicht mehr lange dauern, bis jemand bemerkt, dass Kenji nicht mehr da ist.«

Wir klettern am Hauptturm hinauf und steigen durch ein Fenster im zweiten Stock. Im Flur brennen nur ein paar Ölfunzeln; es ist so düster, dass wir uns in den Schattenwinkeln gut verstecken können.

Wir schleichen um zwei Samurai-Wärter herum, dann weiter durch den Flur, bis er vor einer großen, prächtigen Schiebetür endet. Sie zeigt eine wunderbare Schnitzerei – einen schwarzen Adler, der auf einem goldenen Berg sitzt.

»Das muss Daimyō Odas Schlafgemach sein«, flüstere ich.

Cho blickt sich im Flur um. »Aber wo ist seine Leibwache?«

»Wahrscheinlich hinter der Tür«, meint Renzo.

Gerade als wir uns bereit machen, in den Raum einzudringen, gleitet die Schiebetür zur Seite. Ein Dienstmädchen kommt heraus. Ich entdecke zwei Leibwächter, die in dem Zimmer Wache halten.

Wir ziehen uns noch weiter in die dunklen Nischen zurück. Das Dienstmädchen schlurft den Flur entlang. Bei jedem Schritt höre ich Vogelgezwitscher.

»*Uguisubari!*«, stößt Cho hervor, als das Dienstmädchen verschwunden ist. »Ein Nachtigallenboden!«

Renzo und ich blicken sie verwundert an.

»Der Großmeister hat mir einmal von diesen Bodendielen erzählt. Sie sollen Meuchelmörder verraten«, erklärt sie flüsternd. »Bei jedem Schritt geben die Dielen ein Geräusch ab und alarmieren damit die Wächter.«

»Wie kommen wir dann hinüber?«, fragt Renzo.

»*Uki-ashi*«, gibt Cho knapp zurück.

Unglücklich schüttle ich den Kopf und stöhne: »Der lautlose Schritt! Den habe ich seit ewigen Zeiten nicht mehr geübt!«

»Dann wird es höchste Zeit – jetzt hast du eine gute Gelegenheit dazu«, antwortet Cho grinsend.

Trotz ihrer Beinwunden gleitet Cho so leise wie ein Geist über die Dielen. Ihre Füße scheinen den Boden kaum zu berühren.

Als Cho an der Tür ankommt, macht sich Renzo auf den Weg. Er ist viel schwerer als ich, aber er ist schon zwei Jahre länger in der Ninja-Ausbildung. Er kommt langsamer voran als Cho, schafft es aber, die Dielen ohne den geringsten »Vogelgesang« hinter sich zu bringen.

Jetzt bin ich an der Reihe. Ich stelle mir vor, so leicht wie eine Feder zu sein, und setze meine Zehen auf den Rand der ersten Diele. Dann schiebe ich den ganzen Fuß in einer halbkreisförmigen Bewegung weiter vor und bewege ihn gleichzeitig ein paar Fingerbreit nach vorn. Mein Körpergewicht darf niemals zu lange an einer Stelle bleiben, weil das den »Nachtigallengesang« auslösen würde.

Schweißtropfen rinnen über meine Stirn, als ich immer weiter vorangleite. Absolute Aufmerksamkeit ist nötig, um meine Füße »schweben« zu lassen. Jede einzelne Diele ist eine neue Herausforderung. Ich muss ihre Form erspüren, muss erkunden, wo ihre gefährlichen Stellen sind. Und ich darf keine Sekunde lang stehen bleiben.

Ich habe es fast geschafft – nur noch zwei Dielen.

Doch dann lässt meine Konzentration für einen Augenblick nach. Der nächste Schritt ist zu hastig – das Zwitschern der Nachtigall zerreißt die Stille.

14. Der Angriff

Ein Leibwächter späht in den Flur.

»Niemand da«, meldet er dem anderen.

Ich kann den kahl rasierten Kopf des Mannes an der Tür sehen und bete, dass er nicht nach oben blickt. Meine Arme vibrieren vor Anstrengung, während ich mich zwischen den Holzbalken der Decke festklammere.

Renzo und Cho sind neben mir – wir alle halten uns nur zitternd in der Schwebe.

»Das muss das Dienstmädchen gewesen sein«, meint der Leibwächter und schiebt die Tür wieder zu.

Unendlich erleichtert lassen wir uns wieder auf den Boden gleiten. Cho zieht ihr Blasrohr heraus und gibt mir ein Zeichen, einen *Shuriken* bereitzuhalten. Renzo hat verstanden, was sie vorhat. Er legt die Hand an die Tür und schiebt sie einen winzigen Spaltbreit auf, gerade so weit, dass Cho ihr Blasrohr hindurchschieben kann.

Pfluff!

Der Pfeil schwirrt durch den Raum und trifft den ersten Leibwächter. Als er zu Boden stürzt, stößt Renzo die Tür vollends auf und ich schleudere meinen *Shuriken* blitzschnell nach dem zweiten Leibwächter. Bevor der Mann einen Warnschrei ausstoßen kann,

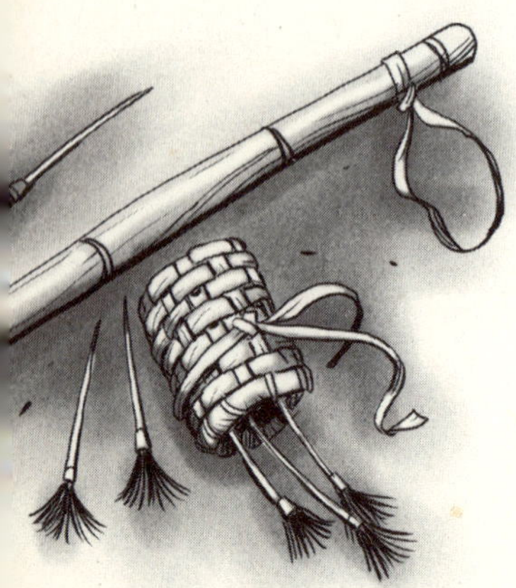

trifft ihn mein Wurfstern direkt in die Kehle. Er bricht neben seinem Partner zusammen.

Wir haben es geschafft, in Daimyō Odas Privatgemächer einzudringen, doch nun müssen wir uns beeilen. Bei einem solchen Angriff ist das Überraschungsmoment entscheidend. Ich laufe zur gegenüberliegenden Tür und spähe in die innere Schlafkammer. Der Boden ist mit Tatamimatten aus Reisstroh bedeckt. Die Papierwände sind mit Bildern von Jagdvögeln geschmückt – Falken, Habichte und Adler.

Es ist niemand in der Kammer, aber in einem Nebenzimmer brennt eine Kerze. Deren Schein wirft den flackernden Schatten eines knienden Mannes an die gegenüberliegende Papierwand.

»Ich glaube, da drüben ist er!«, zische ich und nehme den vergifteten *Shuriken* heraus, der nur für meinen Erzfeind bestimmt ist.

Cho blickt sich in der leeren Kammer um. »Das geht alles viel zu leicht«, murmelt sie leise.

Aber ich lasse mich von meinem Eifer und

meiner Rachsucht mitreißen. Leise schleiche ich durch das Zimmer. Ich komme an dem Gemälde eines blauschwarzen Falken vorbei … das nächste Bild zeigt einen herabstürzenden Habicht … und dann, urplötzlich, öffnet sich das Gemälde eines goldenen Adlers und zwei Wärter stürmen in den Raum.

Nun werden auch die übrigen Wandpaneele aufgerissen und sechs weitere Leibwächter erscheinen mit gezückten Schwertern.

Cho zieht gerade noch rechtzeitig ihr Schwert und kann damit einen Hieb parieren, der sie fast den Kopf gekostet hätte. Renzo reißt sein *Mankiri* heraus und schwingt es gegen die Feinde.

»LAUF, TAKA!«, schreit Renzo, als er einen Samurai mit dem schweren Gewicht an der Kette zu Boden streckt. »Wir halten sie auf!«

Ich werfe mich zur Seite, als ein brutaler Schwerthieb auf mich niedergeht. Die Spitze der Waffe verfehlt mich nur um Haaresbreite, schlitzt aber meinen Beutel auf. Alle *Shuriken* fallen klappernd auf den Boden.

Ich schleudere den einzigen Wurfstern, den ich noch habe, gegen den rechten Arm des Leibwächters. Es ist der *Shuriken*, der eigentlich für Daimyō

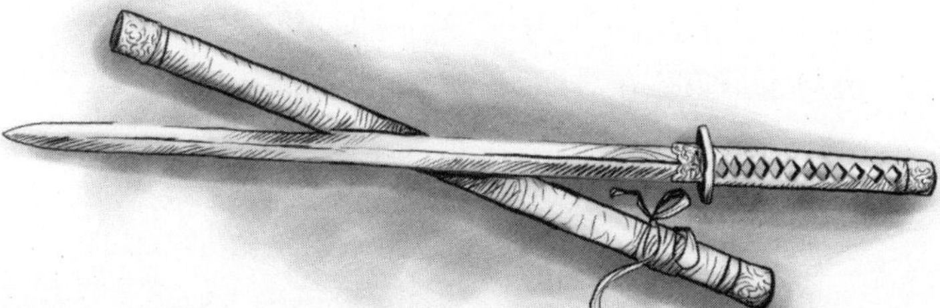

Oda bestimmt war. Die Waffe trifft den Mann in den Bizeps; er lässt das Schwert fallen. Ich versetze ihm einen brutalen Seitentritt, sodass er durch die Papierwand in das nächste Zimmer kracht.

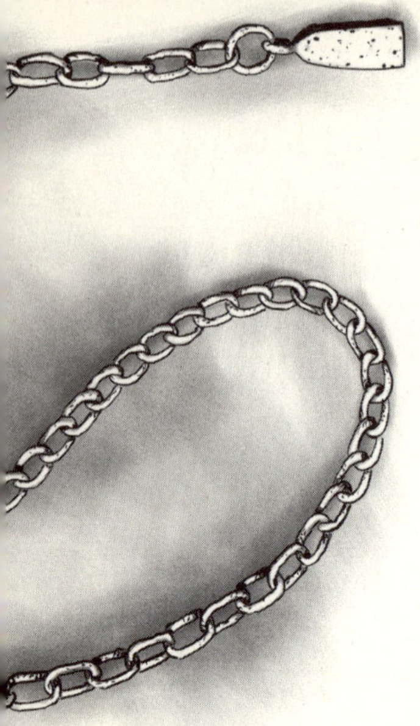

Und durch dieses gewaltige Loch, das der Leibwächter in die Papierwand gerissen hat, sehe ich einen großen Mann, dessen Gesicht von Narben übersät ist: Daimyō Oda.

Ich springe über den toten Leibwächter und zwänge mich durch das Loch in das nächste Zimmer.

Daimyō Oda sitzt auf einem erhöhten Podest, von wo aus er mir ohne das geringste Anzeichen von Furcht entgegenschaut, als ich auf ihn zustürme. Vor ihm liegt ein kurzes Schwert. Aber er macht keine Anstalten, danach zu greifen.

Da ich jetzt keine *Shuriken* mehr habe, muss ich ihm nahe genug kommen, um ihm die Tödliche Berührung zu geben. Aber dieses Mal würde Daimyō Oda den Angriff nicht überleben. Denn jetzt weiß ich, wo sein Herz wirklich liegt. Nicht links von der Mitte wie bei den meisten Menschen. Sondern rechts davon.

»Ich wusste, dass du kommen würdest«, sagt Daimyō Oda. »Du bist wirklich deines Vaters Sohn.«

»Ihr habt meinen Vater ermordet!«, brülle ich. Ich spüre, wie mein Blut zu kochen anfängt – obwohl ich damals noch ein Säugling war und keine Erinnerung an meinen Vater habe.

Daimyō Oda schüttelt den Kopf. »Das ist nicht wahr.«

»Wie könnt Ihr das abstreiten?«, rufe ich erregt. »Und meine Mutter habt Ihr auch getötet!«

»Und dafür habe ich jeden Tag seitdem büßen müssen«, antwortet Daimyō Oda. Seine Stimme klingt tief betrübt und sorgenvoll.

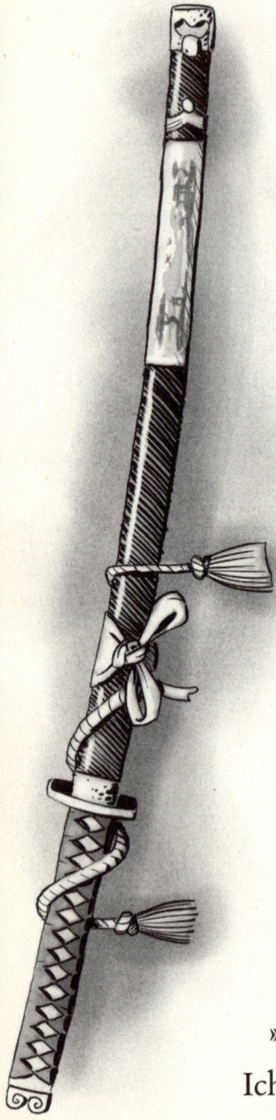

Dass dieser Mann so tut, als würde er seine Taten bedauern, macht mich nur noch wütender. Drei Monate sind vergangen, seit wir bei der Schlacht mit Daimyō Odas Heer unser Dorf verteidigten, aber noch immer erinnere ich mich ganz klar und in allen furchtbaren Einzelheiten, wie Daimyō Oda meiner Mutter die Klinge ins Herz stieß.

Ich trete einen Schritt vor und blicke auf das Schwert, das zwischen uns liegt. »Wollt Ihr Euch nicht wenigstens verteidigen?«, frage ich.

»Dieses Schwert ist für dich bestimmt«, antwortet Daimyō Oda. »Was mich angeht, so –«

Ich werde nicht zulassen, dass mich der

Mann mit seinen Reden hereinlegt, deshalb packe ich das Schwert, um ihm den Todesstoß zu versetzen.

»Ich verdiene zu sterben«, sagt Daimyō Oda und neigt den Kopf als Zeichen, dass er sich ergibt. »Denn ich tötete die Frau, die ich liebte.«

Ich erstarre mitten in der Bewegung. »W-was?«

»Akemi. Deine Mutter.« Er blickt mich an und seine Augen sind voller Tränen. »Vor fünfzehn Jahren war ich ein junger Samurai und noch kein Daimyō. Ich lernte Akemi kennen, als ich in den Bergen auf der Jagd war. Es war Sommer und wir verliebten uns ineinander. Aber ich hatte damals keine Ahnung, dass deine Mutter eine Ninja war. Und um ehrlich zu sein – es wäre mir auch egal gewesen.«

Ich stehe starr wie eine Steinstatue und kann meinen Ohren nicht trauen. Aber die Wahrheit steht Daimyō Oda ins Gesicht geschrieben: Kummer und Trauer. Er meint jedes Wort genau so, wie er es sagt.

»Aber … warum?«, frage ich. »Wenn Ihr so sehr in meine Mutter verliebt wart, warum wolltet Ihr dann unseren Ninja-Clan vernichten?«

»Weil euer Anführer unsere Liebe zerstört hat!«, faucht Daimyō Oda.

Wut blitzt in seinen Augen auf und ich weiche einen Schritt zurück.

»Siehst du diese Narbe?« Daimyō Oda deutet auf die rote Linie, die sich über seine rechte Wange zieht. »Euer damaliger Clanführer gab Akemi den Auftrag, den Sohn des neuen Herrn der Schwarzadlerburg zu töten. Sie hatte keine Ahnung, dass ich dieser Sohn war. Wir kämpften im Dunkeln gegeneinander und ihr Messer schlitzte mir die Wange auf. Dann fiel ein Strahl des Mondlichts durch das Fenster und wir erkannten einander …«

Daimyō Oda zittert, als wäre die Erinnerung ein Fluch.

»Wir … wir sanken uns in die Arme und weinten über unser tragisches Schicksal. Akemi musste eine unmögliche Entscheidung treffen – sie war gezwungen, sich zwischen mir und ihrem Clan zu entscheiden.«

Daimyō Oda wird so sehr von Gefühlen überwältigt, dass er momentan nicht weitersprechen kann. Aber sein Gesichtsausdruck sagt mir mehr als tausend Worte.

Schließlich kann er fortfahren. »Mag sein, dass mich deine Mutter in jener Nacht nicht tötete … aber sie brach mir das Herz. Ich mache ihr keine Vorwürfe – ich gebe ihrem Clan die Schuld, und das werde ich immer tun.«

Er blickt mich traurig, aber auch liebevoll an und lächelt. »Als Akemi starb, hörte ich sie deinen Namen rufen. Ich konnte es nicht glauben! Wir hatten gemeinsam beschlossen, wie wir unseren erstgeborenen Sohn nennen wollten … Taka.«

Völlig geschockt lasse ich das Schwert fallen. »Ihr lügt!«, stoße ich hervor. »Ich bin nicht Euer Sohn!«

»Ich weiß, dass du es bist«, antwortet Daimyō Oda. »Wie alt bist du jetzt? Vierzehn?«

Ich weigere mich, die Wahrheit zu glauben. »Ich bin kein Samurai!«, brülle ich. »Ich bin ein Ninja!«

»Du bist beides«, sagt er mit leisem Lachen.

»Akemis Sohn ist ein Ninja. Mein Sohn ist ein Samurai.«

»Aber Ihr habt meinen Vater in der Schlacht um die Schwarzadlerburg getötet!«

»Nein, ich tötete euren Clanführer. Dein richtiger Vater ist nicht in der Schlacht gestorben. Aber als Akemi zu mir geschickt wurde, um mich zu töten, starb er hier drin.« Daimyō Oda deutet auf sein Herz. »Was davon übrig blieb, verwandelte sich, es wurde böse und füllte sich mit Hass. Aber jetzt habe ich dich, meinen Sohn, gesehen ... Vielleicht gibt es in dieser Finsternis doch noch einen Lichtschimmer.«

Das alles schockiert mich zutiefst; es ist, als sei ich zu Eis erstarrt. Das Schwert liegt vor mir auf dem Boden, immer noch in Reichweite. Aber wie könnte ich meinen eigenen Vater töten?

Von draußen sind wütende Rufe und Alarmglocken zu hören, die durch die ganze Burg schrillen.

Cho taumelt in den Raum. »Sie müssen Kenji

gefunden haben«, ruft sie. Ihr weißes *Gi* ist mit Blutflecken übersät.

Schon stürmt auch Renzo in das Zimmer, eine tiefe Wunde am Kopf. Er starrt den Samurai-Führer verblüfft an. »Warum hast du ihn noch nicht getötet?«, schreit er mich vorwurfsvoll an.

Ich drehe mich zu meinen Freunden um. »Ich kann ihn nicht töten … Er ist mein Vater.«

Cho und Renzo starren Daimyō Oda und mich geschockt an, bringen aber kein Wort hervor. Schwere Schritte poltern die Holztreppe herauf.

»Ihr müsst gehen!«, drängt uns Daimyō Oda.

»Wenn Ihr sein Vater seid«, sagt Cho scharf, »könnt Ihr sie aufhalten.«

Daimyō Oda schüttelt den Kopf. »Diese Männer stehen nicht unter meinem Befehl. Es sind die Samurai des Shōgun, und sie sind nur aus einem einzigen Grund hier: jeden Ninja im Land auszulöschen. Aber ich kann euch helfen zu fliehen.«

Daimyō Oda springt auf und öffnet eine

Wandverkleidung. Dahinter kommt ein geheimer Durchgang zum Vorschein.

»Der Gang führt direkt zum Haupttor«, sagt er hastig. »Verschwindet aus der Burg – so schnell wie möglich.«

Mir bleibt keine andere Wahl, als Daimyō Oda zu vertrauen. Ich schiebe Cho und Renzo in den Tunnel.

»Hier – nimm das hier«, sagt Daimyō Oda und gibt mir eine Schriftrolle. »Das sind die Pläne für den Angriff des Shōgun. Ich habe meine Meinung geändert – nehmt die Pläne und rettet damit euren Clan!«

»Danke … Vater.«

Daimyō Oda lächelt, als sei es das letzte Mal.

»Leb wohl, mein Sohn.«

15. Mutig wie ein Löwe

Wir fliehen durch das Kettenhaus der Zugbrücke.

Cho kann kaum noch gehen. Der Kampf gegen die Leibwächter hat ihr das Letzte abverlangt.

»Komm, ich helfe dir.« Ich lege einen Arm um ihre Hüfte und stütze sie.

Sie ist viel zu geschwächt, um sich zu sträuben.

»Verfolgt sie!«, hören wir den Anführer der Samurai rufen.

Die Männer kommen rasch näher.

»Du kümmerst dich um Cho«, sagt Renzo.

»Aber was ist mit dir?«

»Wir haben eine Kampfbrüderschaft geschlossen«, antwortet er und reckt die geballte Faust in die Höhe. »Du hast mir das Leben gerettet. Jetzt bin ich an der Reihe, dir das Leben zu retten.«

Renzo und ich stoßen die Fäuste zusammen, dann wendet er sich um und stellt sich dem Feind entgegen.

»LAUFT!«, brüllt er.

Ich schleppe Cho über die Zugbrücke. Wir stolpern und taumeln zum Waldrand. Hinter uns höre ich Renzos *Amriki* durch die Luft surren wie eine gereizte Wespe.

»WER WILL ALS ERSTER STERBEN?«, brüllt er den anstürmenden Samurai des Shōgun entgegen.

Gerade als wir den Waldrand erreichen, höre ich hinter mir einen lang gezogenen Schrei, als jemand in die Schlucht stürzt.

Ich werfe einen Blick zurück – nein, es ist nicht Renzo. Der steht immer noch auf der Zugbrücke, schwingt seine Kette und kämpft tapfer wie ein Löwe gegen die Samurai.

Es ist das letzte Mal, dass ich meinen mutigen und treuen Freund sehe.

Das Feuer knistert, knackt und lodert im Kamin des Tempels. Cho und ich genießen die Wärme. Ihr verwundetes Bein ruht auf einem Kissen, frisch verbunden. Sie nippt an einer Schale Kräutersuppe, die der Großmeister für uns zubereitet hat. Cho sieht bereits wieder ein wenig besser aus.

»Anscheinend ist Daimyō Oda mein Vater«, sage ich, nachdem ich dem Großmeister die gesamte Geschichte erzählt habe.

Der Großmeister nickt. »Jetzt verstehe ich, warum Akemi sich weigerte, weitere Einsätze gegen die Feinde zu unternehmen, und warum sie lieber eine Heilerin werden wollte.«

Ich überreiche dem Großmeister die Schriftrolle, die mir mein Vater gab.

Sorgfältig tastet der alte Mann das Wachssiegel mit den Fingerspitzen ab.

»Das ist tatsächlich das Siegel des Shōgun!«, sagt er überrascht. »Wenn darin der Kampfplan verzeichnet ist, können wir unseren Clan vielleicht retten!«

»Wir haben einen hohen Preis dafür zahlen müssen«, sagt Cho. Eine Träne rollt ihr über die Wange.

Wir beugen die Köpfe im Gedenken an Renzo, der sein Leben für uns opferte.

Schließlich wende ich mich an den Großmeister. »Warum sollte ein Waffenstillstand zwischen den Samurai und den Ninja nicht möglich sein, statt dauernd Krieg gegeneinander zu führen?«

Der Großmeister wiegt bedächtig den Kopf. »Ninja und Samurai sind so verschieden wie Sonne und Mond«, erklärt er. »Auch die Nacht kann nicht plötzlich Teil des Tages werden. Die Samurai werden die Ninja niemals als ebenbürtig anerkennen. Aber wir werden überleben.

Denn wir Ninja sind es von jeher gewohnt, im Schatten zu leben.«

Plötzlich hören wir Schritte und ein junger Mann tritt aus dem Dunkeln in den Feuerschein.

»Renzo!«, rufen Cho und ich, verblüfft und voller Freude.

»Tut mir leid, dass ich ein wenig verspätet komme«, sagt Renzo und sinkt erschöpft vor dem Feuer nieder.

Ich hebe die Faust zum brüderlichen Gruß, und Cho tut es mir nach. Wir drei stoßen die Fäuste zusammen.

»Auf unser Leben als Schattenkrieger!«, sage ich.

Der schwarze Schmetterling

Chos Geschichte

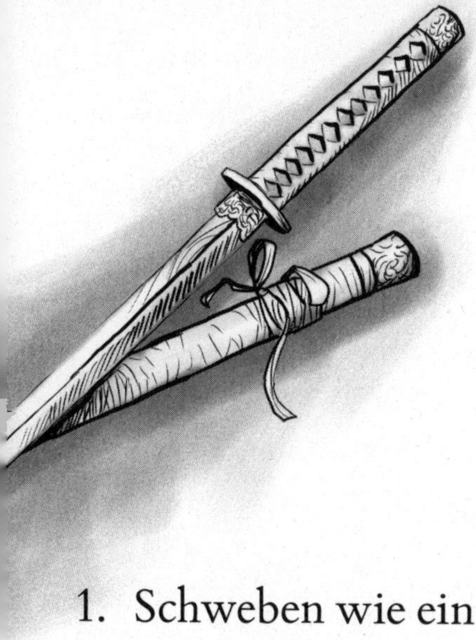

1. Schweben wie ein Schmetterling

Japan, im Jahr 1581

Ich springe vom Dach des Tempels und lande auf der Mauer, geschmeidig wie eine Katze. Es ist Nacht, doch der Vollmond leuchtet mir den Weg. Auf Zehenspitzen husche ich die schmale Mauerkrone entlang. Hinter mir höre ich leise Schritte.

Auch Taka wagt den Sprung vom Dach auf die

Mauer. Aber er verschätzt sich und landet kopfüber auf dem harten Erdboden.

»Alles hängt vom Gleichgewicht ab«, sagt der Großmeister, der mitten im Tempelgarten steht und nur durch sein Gehör verfolgt, wie wir vorankommen. »Schwebt wie Schmetterlinge!«

Der Großmeister hat uns eine Aufgabe gestellt: einen Angriff – und ich bin die Anführerin.

Als ich das Ende der Mauer erreiche, habe ich die nächste Schwierigkeit vor mir: den Sprung auf einen nahe stehenden Baum. Ich fliege durch die Luft und lande auf einem Ast. Er biegt sich unter meinem Gewicht, bricht aber nicht. Mit ausgestreckten Armen krieche ich weiter. Es ist Winter, der Baum trägt kein Laub mehr, aber durch meine Bewegungen löst sich ein altes Vogelnest weiter oben, fällt mir auf den Kopf und bricht auseinander. Als ich Dreck und winzige Zweige abschüttle, fühle ich, dass mir etwas über den Nacken kriecht.

Eine Spinne!

Ich hasse Spinnen. Instinktiv schlage ich mit der Hand zu. Aber gleichzeitig verliere ich mit einem Fuß den Halt und damit auch mein Gleichgewicht.

Ich stürze ab, krache auf dem Weg nach unten durch mehrere Äste und schlage schwer am Boden auf. Einen Moment lang bleibe ich stöhnend liegen, da höre ich schon über mir Renzo lachen. Er hat mich eingeholt, hockt im Baum und schaut mit schadenfrohem Grinsen herab. Ich setze mich auf, massiere meine schmerzenden Rippen und muss zusehen, wie die übrigen Ninja den restlichen Übungsangriff ohne ihre Anführerin zu Ende bringen.

Der Großmeister richtet die blinden Augen auf mich. »Mit Schweben habe ich etwas anderes gemeint, Cho!«

»Das Wichtigste bei der Kunst der Teezubereitung ist, das Wasser auf die genau richtige Temperatur zu bringen«, erklärt mir der Großmeister am nächsten Tag in seinem Haus.

Wir sitzen nebeneinander. Ich versuche, mich zu konzentrieren. Aber durch ein Fenster sehe ich die anderen Ninja, die draußen mit Sensei Kato trainieren. Er hat ihnen gerade gezeigt, wo sich der *Uko* befindet. Das ist einer der Nervenpunkte – ein Lymphknoten an der Seite des Nackens, der auch »Regentür« genannt wird. Taka und Renzo üben aneinander die Technik, mit der man den Gegner niederschlagen kann.

Das würde mir viel mehr Spaß machen als Tee kochen!

Der Großmeister hebt den Deckel vom Wasserkessel und schöpft heißes Wasser in eine Schale. Erst dann fügt er eine genau abgemessene Menge Tee hinzu.

»Denke immer daran: Jede Bewegung muss ganz genau ausgeführt werden«, erklärt er mir. »Du musst sie immer und immer wieder üben, bis sie absolut perfekt sind.«

»Ist das die Strafe dafür, dass ich vom Baum gefallen bin?«, fragte ich wütend und nehme die Schöpfkelle vom Tisch.

»Nein.« Auf seinem alten Gesicht spiegelt sich Überraschung. »Wie kommst du darauf?«

»Letzte Woche musste ich lernen, mit einem Fächer zu tanzen und Origami zu falten – und jetzt lerne ich, Tee zu servieren! Warum darf ich nicht am Training der Jungen teilnehmen?«

Der Großmeister runzelt die Stirn. »Warum willst du etwas lernen, das du schon kennst und beherrschst? In der Kampfkunst bist du sehr gut ausgebildet. Und schon bald wirst du auch die Kunst der Teezubereitung meistern.«

Er legt ein Tuch über die Kanne und gießt den Tee in die kleinen Porzellantassen, bis sie einen Fingerbreit unter dem Rand gefüllt sind. Das alles macht er sehr geschickt, vor allem, wenn man bedenkt, dass er völlig blind ist.

»Aber das ist so langweilig!«, beklage ich mich und unterdrücke ein Gähnen.

Der Großmeister hebt die Tasse an die Lippen, trinkt einen kleinen Schluck und lächelt.

»Bei deinem Training geht es vor allem um das Gleichgewicht«, erklärt er. »Die Angriffsübung neulich ist ein gutes Beispiel. Wenn du nicht weißt, wie du das Weiche mit dem Harten und das Starke mit dem Sanften zum Ausgleich bringen kannst, wirst du abstürzen und versagen.«

»Aber wozu muss ich tanzen lernen und Tee kochen?«, frage ich. »Ich bin eine *Kunoichi*, eine weibliche Ninja! Da muss ich nicht lernen, wie man tanzt und Tee zubereitet – das hat doch gar nichts mit meinem Leben als Ninja zu tun!«

»Es hat sehr viel mit deinem Leben als Ninja zu tun«, widerspricht der Großmeister und setzt die Tasse ab. »Diese Dinge musst du für deinen nächsten Einsatz lernen. Eine Mission, die kein Junge durchführen kann.«

Ich richte mich auf. Jetzt bin ich plötzlich sehr wach und höre mit voller Aufmerksamkeit zu.

»Ich möchte, dass du eine Samurai wirst«, erklärt er mir.

Mir verschlägt es fast die Sprache. »Eine *Samurai!*«, rufe ich entsetzt aus.

Der Großmeister nickt. »Du wirst als Dienstmädchen in das Schloss des Regenten von Japan in Kyoto eingeschleust. Dort sollst du Shōgun Kujo hochspersönlich ausspionieren. Er ist der mächtigste Mann im Kaiserreich, und wie du weißt, hat er geschworen, jeden einzelnen Ninja im Land auszulöschen. Wir wissen also, was er vorhat, aber wir müssen unbedingt herausfinden, für welchen Tag er seinen Angriff plant.«

Jetzt ergibt mein Sondertraining plötzlich einen Sinn – all das Teekochen, die Origami, das Tanzen: alles soll Teil meiner Tarnung als Samurai-Dienstmädchen sein. »Ich hole mein Schwert und meinen schwarzen *Gi*«, rufe ich begeistert und springe auf.

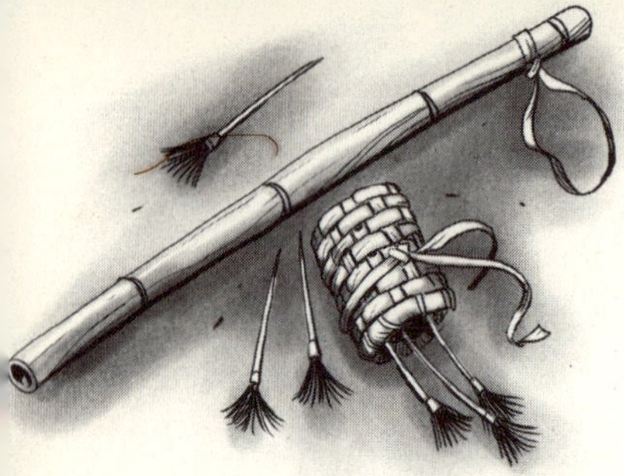

»Keine Waffen!«, sagt der Großmeister streng. »Kein Schwert, keine *Shuriken*, kein Blasrohr, nichts, was verraten würde, dass du eine Ninja bist! Du musst dich so mit ihnen vermischen wie Tee mit Wasser.«

»Wie soll ich mich dann verteidigen?«, frage ich verblüfft.

»Damit«, antwortet er. In seiner Hand liegen eine goldene Haarnadel und ein Papierfächer.

Ich starre die beiden Gegenstände erstaunt an. »Aber … ich soll mit einer Haarnadel und einem Fächer gegen die Schwerter und Speere der Samurai kämpfen?«

Der Großmeister nickt, fasst mein langes schwarzes Haar zusammen und steckt es mit der Haarnadel zu einem Knoten. »Sei vorsichtig mit der Nadel. Die Spitze ist besonders scharf geschliffen und außerdem vergiftet. Sie ist so tödlich wie ein Speer und viel leichter zu verbergen.«

Er reicht mir den Fächer.

»Und damit soll ich ihnen Papierschnitte zufügen?«, frage ich scherzhaft.

Der Großmeister lächelt. »Das hier fügt ihnen weit mehr als kleine Schnitte zu. Dieser Fächer ist ein *Tessen*. Die Griffstücke sind aus Stahl. Damit kannst du Schwertangriffe abblocken und Schädel zertrümmern.«

Ich entfalte den Fächer und wedle mir ein bisschen Luft zu. »Aber … wie benutzt man ihn?«

»Tanze«, sagt er.

Verwundert folge ich dem Befehl. Ich tanze durch das Teehaus, mit den langsamen, fließenden Bewegungen, die er mir beigebracht hat. Ich lasse den Fächer aufspringen, wirble ihn durch die Luft. Ich drehe mich, hebe den Fächer und schlage ihn nach unten.

»Aber damit kann ich mich doch nicht gegen Schwerter wehren«, beschwere ich mich.

»Tanz schneller«, antwortet er.

Und als ich schneller tanze, wird mir das Muster meiner Bewegungen plötzlich klar. Aus jeder Haltung wird eine Abwehr, aus jedem Schritt ein Vorstoß, aus jeder Armbewegung ein Schlag oder Hieb. Mir wird bewusst, dass der Tanz mit dem Fächer eigentlich ein Kampf ist.

Nun deutet der Großmeister auf die bunten Schmetterlinge, mit denen der Fächer verziert ist.

»Wie ich höre, ist einer der Schmetterlinge schwarz«, sagt er. »Du wirst der Schwarze Schmetterling sein, Cho. Du wirst unsichtbar.«

2. Mehr Dichter als Krieger

Einen Monat später ...

»Gibt es Neuigkeiten von den Kundschaftertrupps, Kommandant Hanzo?«, erkundigt sich Shōgun Kujo. Er sitzt mit untergeschlagenen Beinen auf einem erhöhten Podest im Teezimmer seines Schlosses.

Der Kommandant ist ein bärtiger Mann, der im Kampf ein Ohr verloren hat. Er schüttelt den kahlen Kopf. »Nein. Die Ninja sind wie vom Erdboden verschwunden. Als würden sie unsere Pläne kennen!«

Ich wende schnell das Gesicht ab, um mein Lächeln zu verbergen, und konzentriere mich darauf, den Tee für die beiden Samurai zuzubereiten – und für den Jungen, der bei ihnen sitzt. Aber ich lausche ständig aufmerksam und präge mir alles genau ein, was ich zu hören bekomme.

»Dann schickt eben noch mehr Patrouillen hinaus, Kommandant!«, befiehlt Shōgun Kujo. »Ich will sämtliche übrig gebliebenen Ninja-Clans aufspüren und vernichten, bevor das Jahr um ist!«

»Aber warum müssen wir die Ninja überhaupt töten?«, fragt der Junge.

Shōgun Kujo verdreht die Augen. »Weil sie unsere Feinde sind!«

»Aber es sind ja kaum noch welche übrig. Die können doch keine Gefahr mehr sein?«

»Schon ein kleines Leck kann einen Damm brechen lassen«, antwortet Shōgun Kujo.

Der Junge schaut ihn nachdenklich an. »Aber wäre es denn nicht besser, mit ihnen Frieden zu schließen? Dann wäre der Damm wieder stark.«

Shōgun Kujo und der Kommandant brechen in Gelächter aus.

»Frieden mit dem Feind schließen?«

Der Kommandant schnaubt verächtlich. »Merk dir genau, was ich dir jetzt sage, mein Junge. Vertraue niemals einem Ninja. Sie sind leibhaftige Teufel in schwarzer Verkleidung!«

Wut steigt plötzlich in mir auf und ich habe Mühe, meine Hand ruhig zu halten, während ich ihm Tee eingieße.

»Hiro, du brauchst mehr Kampfgeist, wenn du eines Tages herrschen willst«, mahnt Shōgun Kujo den Jungen. »Manchmal frage ich mich, ob du wirklich mein Sohn bist …«

Ich beobachte den Jungen.

Seine Wangen röten sich vor Scham über die Beleidigung, die er von seinem Vater zu hören bekommt.

Shōgun Kujo nimmt einen Schluck Tee und lobt: »Perfekt zubereitet!«

Der Kommandant nickt zustimmend.

»Wie heißt du eigentlich, Mädchen?«, fragt Shōgun Kujo und schaut mich zum ersten Mal direkt an.

»Cho«, antworte ich und verneige mich.

»Der Name bedeutet Schmetterling«, sagt Hiro und lächelt mir scheu zu.

Sein Vater lacht bellend. »Siehst du, was ich meine, Hanzo? Er ist mehr Dichter als Krieger!«

Hiro wird wieder rot, und die beiden Samurai reden weiter über ihre Kriegspläne. Währenddessen bemerke ich, dass mich Hiro anstarrt. Seine Augen sind groß und braun wie die eines Rehs, und für einen Samurai wirkt sein Gesicht mild und freundlich.

Ich lächle zurück und bemerke, dass seine Tasse leer ist. Als ich sie auffüllen will, stoße ich mit dem Ellbogen versehentlich an die Tasse des Kommandanten. Sie fällt vom Tisch.

Instinktiv fange ich die Tasse auf, bevor sie auf dem Boden aufschlägt. Kein einziger Tropfen wird verspritzt.

Der Kommandant schaut mich mit misstrauisch zusammengekniffenen Augen an. »Sehr schnelle Reflexe für ein Dienstmädchen!«

Als Entschuldigung verneige ich mich und gieße den Tee in Hiros Tasse.

Später stehe ich versteckt hinter den Büschen im Garten. Ein Pfeil surrt vorbei und trifft das *Mato*, die Zielscheibe, genau in der Mitte.

Kommandant Hanzo klatscht Beifall. »Shōgun Kujo, Ihr seid wirklich ein hervorragender Bogenschütze! Gegen Euch haben die Ninja keine Chance!«

»Ja, bei der Schlacht werden wir sie vollständig vernichten!«, sagt Shōgun Kuja selbstsicher und legt einen neuen Pfeil in den Bogen.

Die Überheblichkeit des Samurai macht mich

krank vor Wut. Seit über einem Monat spioniere ich ihn nun schon aus – und würde nichts lieber tun, als ihm meine vergiftete Haarnadel in den Nacken zu stoßen.

Aber mein Auftrag lautet nicht, ihn zu töten, sondern zu spionieren.

»Heute habe ich gute Nachrichten«, fährt der Kommandant fort. »Eine unserer Patrouillen hat einen Ninja-Clan in der Provinz Iga aufgespürt.«

Mein Herzschlag setzt kurz aus. Er meint meinen eigenen Clan!

Shōgun Kuja schießt den zweiten Pfeil ab. Der den ersten Pfeil in ganzer Länge spaltet.

»Rufe die Generäle zusammen«, befiehlt er. »Wir müssen unseren Angriff planen.«

Schlagartig wird mir klar, wie sehr das Schicksal meines Clans jetzt von mir allein abhängt. Ich muss herausfinden, wie ihre Pläne sind, und dann so schnell wie möglich dem Großmeister eine Nachricht schicken.

»Hab dich gefunden!«, singt plötzlich eine Stimme triumphierend.

Ich wirble herum. Instinktiv gehe ich in Abwehrstellung, den *Tessen* kampfbereit erhoben.

Hiro weicht erschrocken einen Schritt zurück und starrt meinen Fächer an. »Äh ... tut mir leid, ich ... ich wollte dich nicht erschrecken«, stammelt er. »Ich wollte dir nur dieses *Haiku* geben.«

Er hält mir ein Stück Reispapier hin. Inzwischen habe ich mich von meinem Schock erholt, lasse den *Tessen* sinken und nehme das Papier.

Flatternd und schwebend
tanzt der hübsche Schmetterling
in der sanften Brise.

»Es ist hübsch«, sage ich. Noch nie hat mir ein Junge ein Gedicht geschenkt. Wider Willen schließe ich Hiro ins Herz. Wären doch nur alle Samurai wie er!

»Deine Schönheit inspiriert mich«, gesteht er

mit schüchternem Lächeln. »Ich könnte noch viel mehr dichten, wenn ich …«

»Hiro!«, ruft Shōgun Kujo mit strenger Stimme. »Was redest du da mit einer Dienerin! Komm her und übe, sonst wird nie ein guter Bogenschütze aus dir!«

Hiro seufzt und schaut mich resigniert an. »Bei meinem Vater geht es immer nur um Kampf und Sieg, Kampf und Sieg.« Er zuckt die Schultern und wendet sich zum Gehen, doch dann dreht er sich noch einmal um. »Was hast du eigentlich hier im Gebüsch zu suchen?«

Mit unschuldigem Lächeln antworte ich: »Ich sammle frische Kräuter für deinen Tee.«

Verborgen in der dunklen Nacht klettere ich an der Außenmauer des Schlossturms hinauf. Ich gleite so flink von Stein zu Stein, dass ich mir tatsächlich wie ein schwarzer Schmetterling vorkomme. Kurz vor der Turmspitze spähe ich durch eines der schmalen Fenster. Keine zwei Armlängen entfernt entdecke ich den kahlen Schädel des Kommandanten Hanzo. Meine Arme schmerzen, aber ich klammere mich weiter fest an die Mauer – ich muss unbedingt hören, was Shōgun Kujo und seine Generäle planen.

»Von den Ninja sind kaum mehr als hundert Kämpfer übrig«, sagt der Kommandant gerade. »Es wird uns leichtfallen, sie vollständig auszurotten.«

Noch während ich zuhöre, spüre ich etwas, das an meinem Arm entlangkriecht. Ich erstarre förmlich – *eine Spinne!*

»Unterschätzt die Ninja nicht«, mahnt einer der Generäle. »Habt ihr schon vergessen, dass sie Daimyō Odas Armee besiegten, die mehr als tausend Mann stark war?«

»Dann greifen wir eben mit zehntausend Mann an!«, sagt Shōgun Kujo.

Ich ekle mich so, dass ich kaum noch stillhalten kann –

ich muss die Spinne abschütteln, die jetzt über meinen Hals krabbelt!

»Wann schlagen wir los?«, fragt Kommandant Hanzo.

»Am ersten Tag der Kirschblüte«, entscheidet Shōgun Kujo.

Jetzt kriecht die Spinne über mein Gesicht! Ich kann es nicht mehr ertragen: Ich fege das Insekt von meiner Wange. Aber dabei verliere ich den Halt und rutsche ab. Es gelingt mir gerade noch, mich am Fenstersims festzuklammern.

»Was war das?«, fragt Kommandant Hanzo scharf. Er streckt den Kopf aus dem Fenster und blickt hinaus, sieht aber niemanden. »Muss wohl ein Vogel gewesen sein.«

Doch dann blickt er nach unten und sieht trotz der Dunkelheit einen Schatten unterhalb des Fensters.

»NINJA!«, brüllt er.

Ich lasse los und stürze in

die Tiefe. Der Aufschlag auf den Ziegeln des darunterliegenden Dachs ist hart. Ich komme ins Rutschen und gleite auf die Dachkante zu, kann mich aber im letzten Moment noch fangen. Ich springe auf und sprinte über das Dach.

Aber Hanzos Schrei hat die Wärter alarmiert. Fackeln werden entzündet. Samurai rennen hierhin und dorthin.

Ich springe von einem Dach zum nächsten. Ich muss unbedingt zu meinem Zimmer kommen. Hanzo hat mein Gesicht im Dunkeln nicht sehen können, aber wenn man in meinem Zimmer nachschaut und ich nicht im Bett liege, werden sie wissen, dass ich es war.

Ich fliege durch die Luft wie ein Schmetterling, lande auf einer Mauerkrone und renne darüber zu meinem Zimmer. Und ich hätte es beinahe geschafft. Doch im letzten Moment stürmt ein kleiner Trupp Samurai in den Innenhof. Ich springe auf einen Baum und verstecke mich im Geäst.

Als die Wärter verschwunden sind, schwinge ich mich vom Baum herab und direkt durch das offen stehende Fenster in mein Zimmer.

Ich habe es geschafft!

Als ich mich umdrehe, um das Fenster zu schließen, setzt mein Herzschlag aus.

Unten im Hof steht Hiro und starrt zu mir herauf.

3. Verrat

Am nächsten Tag …

Ich bin in der Küche und stoße Kräuter klein, als zwei Samurai-Wärter hereinmarschieren und mich ergreifen. Sie schleppen mich grob mit sich und bringen mich zu Shōgun Kujo.

»Ist dies das Mädchen, das du in der Nacht gesehen hast?«, fragt Shōgun Kujo seinen Sohn.

Hiro nickt stumm.

Shōgun Kujo starrt mich an. »Ich verurteile dich zum Tode«, sagt er kalt. »In kochendem Wasser.«

Die beiden Wärter zerren mich aus dem Raum und werfen mich in eine Kerkerzelle. Ich taumle gegen das Eisengitter und sinke verzweifelt zu Boden.

Man wird mich bei lebendigem Leib in kochendes Wasser stoßen! Und was noch schlimmer ist: Ich habe bei meiner Mission versagt. Jetzt kann ich meinen Clan nicht mehr vor dem geplanten Angriff der Samurai warnen.

Und auch Hiros Verrat tut weh. Ich hatte gedacht, dass er mich mag, sich vielleicht sogar in mich verliebt hätte. Aber das war wohl nur Einbildung. Er ist ein Samurai und ich bin eine Ninja. Niemals würden wir zusammenkommen.

Und bei Tagesanbruch werde ich tot sein.

Jetzt erst beginne ich zu weinen.

Ein Wärter erscheint am Kerkergitter.

»Ach, Kind, weine doch nicht!«, sagt er spöttisch. »Wir freuen uns doch schon auf ein ganz besonderes Essen morgen. *Gekochte Ninja* steht auf dem Speisezettel!«

Und er lacht schallend über seinen grausamen Scherz.

Immer noch schluchzend flüstere ich ihm etwas zu.

»Was hast du gesagt?«, fragt er und beugt sich dicht an das Gitter.

Kaum ist er in meiner Reichweite, als ich ihm auch schon die Haarnadel in den Nacken stoße. Er stöhnt kurz auf vor Schmerzen, dann sinkt er zu Boden. Das Gift wirkt sehr schnell. Und meine Tränen waren nur einer meiner vielen Ninja-Tricks, um ihn zu täuschen.

Ich greife zwischen den Stangen hindurch und ziehe die Schlüssel aus seiner Tasche. Als ich den Gang entlangschleiche, entdeckt mich ein weiterer Wärter und zückt das Schwert. Er greift an, zischend fährt seine Waffe auf mich herab, aber ich blocke sie mit meinem *Tessen* ab und ramme

ihm die eiserne Fächerspitze in den Kopf. Er stürzt bewusstlos zu Boden.

Rasch fliehe ich aus dem Kerker. Meine Fluchtroute führt mich an der Küche vorbei, von dort zu dem geheimen Tor an der Rückseite der Burg. Ich renne einen schmalen Durchgang entlang und habe das Tor fast erreicht, als ich um eine Ecke biege und fast mit Hiro zusammenpralle.

Bevor er sein Schwert ziehen kann, stoße ich ihn gegen die Mauer und halte ihm die vergiftete Haarnadel direkt vors Herz.

Hiro rührt sich nicht und wehrt sich auch nicht. »Mach schon«, stößt er hervor, während ihm eine Träne über die Wange rollt. »Du hast mir sowieso schon das Herz gebrochen.«

»Und du hast mir meins gestohlen«, antworte ich bitter.

Er schaut mir tief in die Augen. »Warum muss ich mich ausgerechnet in eine Ninja verlieben?«

Meine Hand zittert. »Wenn du mich liebst, warum hast du mich dann zum Tod verurteilt?«

»Mein Vater konnte dich nicht einfach laufen lassen. Aber er musste mir versprechen, dir nichts anzutun«, sagt Hiro.

»Und du behauptest, einer Ninja könne man nicht vertrauen!«, fauche ich. »Ihr Samurai seid alle Lügner!«

»Ich wollte dich gerade befreien«, sagt Hiro und hält einen großen Schlüssel hoch. »Ich hätte nie zugelassen, dass du stirbst.«

Mein Herz flüstert mir zu, dass er die Wahrheit sagt. Ich erliege meinen Gefühlen. Ich senke die Haarnadel, beuge mich vor und küsse ihn zärtlich auf den Mund. Spielt es noch ein Rolle, dass er ein Samurai ist und ich eine Ninja?

Hiro umarmt mich und drückt mich eng an sich.

Doch dann sind plötzlich Befehlsgebrüll und schwere Stiefelschritte zu hören. Der kostbare Augenblick ist zu Ende. Der tote und der bewusstlose Gefängniswärter sind entdeckt worden.

»Geh!«, sagt Hiro drängend und stößt mich

in Richtung des Tors. »Lauf, bevor es zu spät ist!«

»Es ist schon zu spät!«, schreit Kommandant Hanzo, zückt das Schwert und stürmt auf uns zu. »Ich werde deinem Vater von diesem Verrat berichten, Hiro!«, schnaubt er. »Aber zuerst schlage ich dieser Ninja-Spionin den Kopf ab!«

Sein Schwert fährt blitzschnell auf meinen Kopf zu. Aber genauso schnell springt Hiro dazwischen.

Die Klinge hält eine Haaresbreite vor Hiros Hals an.

»Aus dem Weg!«, brüllt Hanzo und kickt Hiro mit einem gewaltigen Fußtritt beiseite. Hiro wird zu Boden geschleudert.

Wilde Wut packt mich. Ich hebe den *Tessen* zum Angriff.

Der Kommandant lacht. »Was! Du willst mich zu Tode fächeln?«

»Manchmal schwebe ich wie ein Schmetterling, aber ich kann auch stechen wie eine Wespe!«, ant-

worte ich und schlage den stählernen *Tessen* mit voller Wucht auf seinen Schwertarm. Ein scharfes *Knack!* ist zu hören, als der Knochen bricht.

Hanzo brüllt vor Schmerzen und lässt das Schwert fallen. Ich hole aus und will ihm den *Tessen* gegen den kahlen Schädel rammen, aber er taucht unter meinem Stoß weg und wirft mich gegen die Mauer. Der Aufprall ist so hart, dass ich momentan wie betäubt bin. Mit der unverletzten Hand zieht Hanzo sein Kurzschwert.

»Stirb, Ninja-Mädchen!«, brüllt er und stößt mit der Klinge zu.

Der Stoß zielt genau auf mein Herz, aber ich kann ihn mit dem *Tessen* ablenken, hole kurz aus und stoße ihm die Spitze des Fächers auf einen Nervenpunkt am Nacken – *uko*, die »Regentür«.

Hanzo bricht zusammen. Aber er ist nur bewusstlos, nicht tot. Etwas glitzert auf dem

Boden – die Haarnadel! Ich hebe sie auf und will sie Hanzo in den Hals stechen.

»NEIN!«, schreit Hiro auf und packt mein Handgelenk.

»Aber er hat uns zusammen gesehen!«

»Du darfst ihn nicht töten«, sagte Hiro beharrlich. »Ich kümmere mich um ihn. Nach dem Schlag auf den Kopf erinnert er sich vielleicht an nichts mehr.«

»Hiro, komm mit mir!«, dränge ich, als ich die Stiefelschritte der Wärter höre, die rasch näher kommen.

»Das kann ich nicht.« Er schüttelt den Kopf. »Die Burg ist mein Zuhause. Und dein Zuhause ist dein Clan.« Er nimmt meine Hand. »Aber vielleicht werden wir eines Tages ein gemeinsames Zuhause haben – wenn ich Regent von Japan bin.«

Jetzt haben uns die Wärter fast erreicht.

»Lauf, Cho, lauf!«, ruft Hiro und küsst mich ein letztes Mal.

Ich verschwinde durch das Tor.

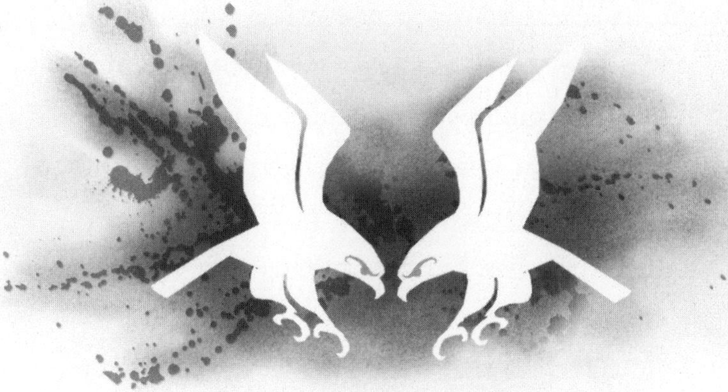

4. Herz vor Verstand

Die Sonne geht hinter den Bergen unter, als ich in meinem Dorf ankomme.

Der Großmeister erwartet mich schon im Tempel und ich erzähle ihm sofort von Shōgun Kujos Angriffsplan.

Der Großmeister blickt mit blinden Augen in die Dunkelheit. »Gegen zehntausend Mann können wir nichts ausrichten. Wir müssen uns ein neues Versteck suchen, einen Ort, in dem wir im

Schatten leben können. Aber dieses Mal müssen wir für immer verschwinden.«

Der Gedanke, wegzugehen und nie mehr zurückzukehren, bricht mir fast das Herz.

»Aber was ist mit Hiro?«, sage ich. »Er will Frieden mit uns schließen.«

»Hiro ist nicht der Regent«, weist mich der Großmeister sanft zurecht. »Und er ist und bleibt ein Samurai. Mag sein, dass er dich wirklich liebt, aber seine Treue gehört seinem Volk und nicht dir.«

»Er ist nicht so wie die anderen Samurai«, widerspreche ich beharrlich.

»Lasse dein Herz nie über deinen Verstand herrschen«, antwortet der Großmeister milde.

»Aber was ist mit der Liebe?«, rufe ich verzweifelt.

Der Großmeister seufzt tief auf. »Es stimmt: Liebe ist stärker als das Schwert, als Samurai oder Ninja. Vielleicht wird es eines Tages mehr junge Leute wie dich und Hiro geben – dann können

Ninja und Samurai einen Weg finden, in Harmonie miteinander zu leben. Aber bis es so weit ist, sind wir Ninja die Krieger, die im Schatten leben müssen.«

Der Großmeister schreitet davon, bis ihn die Dunkelheit verschluckt.

Ich bleibe allein auf den Stufen des Tempels sitzen. Und als der letzte Streifen Tageslicht vom Himmel verschwindet, denke ich an Hiro. Er ist wie die Sonne, ich bin wie die Sterne. Nur in der Dämmerung – am Morgen und am Abend – entsteht Licht aus dem Schatten und Schatten aus dem Licht.

Um als Ninja zu überleben, braucht man die richtige Ausrüstung

Wie gut kennst du die Ninja-Ausrüstung?

1. Was ist ein *Shuriken*?

a. Ein zweischneidiges Schwert
b. Ein Wurfstern
c. Ein Giftpfeil

2. Was ist ein *Gi*?

a. Ein Ninja-Kleidungsstück
b. Ein Paar Ninja-Schuhe
c. Eine besondere Ninja-Tasche

3. Warum ist der schwarze Gürtel für einen Ninja wichtig?

a. Weil er bedeutet, dass du gerade mit dem Ninja-Training angefangen hast
b. Weil du damit für eine Ninja-Mission bereit bist
c. Weil dir ohne Gürtel die Ninja-Hose herunterrutscht

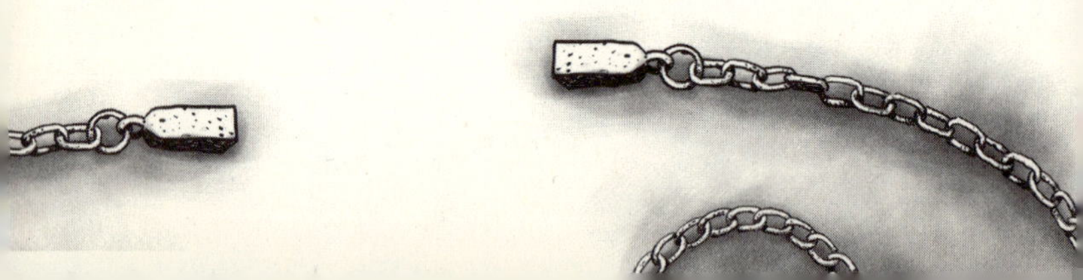

4. Aus welchem Grund ist *Tenshins Schwert der Zerstörung* etwas Besonderes?

a. Es hat eine Blutrinne, damit du es leichter aus dem Körper des Feindes ziehen kannst
b. Es ist so schwer, dass es nur drei Ninja zusammen heben können
c. Seine Klinge ist so scharf und gezackt wie eine Säge

5. Was ist ein *Manriki*?

a. Ein Bündel Giftpfeile in einem Köcher
b. Eine schwere Stahlkette
c. Ein seidener Fächer mit scharfer Spitze

6. Was benötigt ein Ninja, um sich vor aller Augen zu *verstecken*?

a. Einen dicken Wollmantel
b. Ein Schneemannkostüm
c. Nichts Besonderes

7. Wofür benutzt ein Ninja ein Paar *Ashiaro*?

a. Für die Füße, um Tierspuren vorzutäuschen
b. Für die Augen, um sie gegen Schneeblindheit zu schützen
c. Für die Hände, um steile Mauern oder Bäume zu erklimmen

1b; 2a; 3b; 4a+c; 5b; 6c; 7a

Hast du denn das Zeug, ein echter Ninja zu werden?

Mache den Großmeister-Test und finde es heraus

1. Wie lautet dein Motto in einer Notsituation?

a. »Hilfe, Mami! Hilfe!«
b. »Wir haben uns Waffenbrüderschaft geschworen. Ich kämpfe mit dir bis zum Ende.«
c. »Wer wagt, gewinnt!«

2. Wen nennst du deinen besten Freund/deine beste Freundin?

a. Alle – Ninja, Samurai, Dienerinnen, den Regenten von Japan …
b. Ein paar vertrauenswürdige Ninja – und den Großmeister wegen seiner Weisheit
c. Niemanden. Ein Ninja handelt immer allein

3. Was bedeutet das Sprichwort: »Warum immer gleich mit dem Kopf durch die Wand, wenn es auch anders geht?«

a. Versuche es lieber mit der Faust
b. Suche erst nach einem Ausweg, bevor du zu kämpfen anfängst
c. Nimm zuerst Schmerztabletten ein

4. Was musst du tun, um über einen Nachtigallenboden zu gehen?

a. Renne so schnell du kannst und hoffe das Beste
b. Besinne dich auf deinen *schwebenden Schritt*, den du jeden Tag übst
c. Klettere an der nächsten Wand hoch und lass dich kopfüber von der Decke hängen

5. Welcher dieser wahren Aussprüche stammt aus der Weisheit des Großmeisters?

a. Glaube niemals, ein Mann ohne Augen könne nicht hören
b. Ein Ninja muss immer das tun, was sein Feind erwartet
c. Es ist nicht wichtig, wie langsam du gehst, solange du am Ende der Schnellste bist.

Hast du das Zeug zu einem guten Ninja?

Meistens Antwort (a): Weißer Gürtel

Du hast in deinem Ninja-Training noch viel zu lernen. Aber denke immer daran: Jedes Versagen wird zum Erfolg, wenn man etwas daraus lernt.

Meistens Antwort (b): Schwarzer Gürtel

Du bist ein wahrer Ninja. Aber sei vorsichtig, wie du dein Wissen einsetzt. Denn ein kleiner Fehler kann genauso tödlich sein wie ein großer.

Meistens Antwort (c): Roter Gürtel

Du bist immer bereit zu kämpfen, musst aber noch intensiver deine Technik *List statt Kraft* trainieren, bevor aus dir ein echter Ninja werden kann.